KB088670

▸▸지속가능한 삶을 모색하는
사피엔스를 위한 가이드

**일러두기**
· 외래어 표기는 국립국어원의 표준 외래어 표기법에 따랐고, 상호명의 경우 해당 기업에서 선택한 표기를 따랐습니다.
· 국내 미발간 도서의 제목은 최대한 원제에 가깝게 번역하고 원제를 병기했습니다.

▶▶ 지속가능한 삶을 모색하는
사피엔스를 위한 가이드

김선우 지음

카시오페아
Cassiopeia

# 지속가능한 삶을 모색 중인 모든 이에게

저는 한때 기자였습니다. 치열하게 매일 마감을 하고 모든 일을 정해진 대로 빠르게, 효율적으로 처리하는 와중에 잘 하기까지 해야 했죠. 그런 사람이 잘나갔고 그런 사람들이 모인 조직이 성공했으며 그런 조직이 모여 지금의 대한민국을 만들었습니다. 다른 방식은 존재하지 않았고 아무도 그 방식에 토를 달지 않았습니다. 모두가 한곳을 바라보고 전진했으며 의견이 다른 사람은 그냥 무시해야 했죠.

그러다가 기자 일을 그만두고 미국의 시골에 와서 농사를 짓고 책을 읽으면서 살게 되었습니다. 바쁘고 치열하던 기자의 삶에서 블루베리와 사과나무 묘목을 심고 깻잎과 토마

토를 가꾸는 삶으로 바뀌었죠. 아주 느리게 살았습니다. 그러다 보니 한때는 '무조건 열심히' 살아야 했던 세상도 조금씩 변하고 있다는 생각이 들기 시작했습니다. 성장과 경쟁이 오늘의 풍요를 만든 것도 사실이지만, 그게 한 번 정답이었다고 앞으로도 계속 정답일 수는 없다는 생각이 들었어요. 물론 저도 처음에는 이 느린 일상에 적응하기까지 무진장 힘이 들었습니다. 그러나 꾸역꾸역 느리게 살다 보니 정신없이 바쁘게 살 때는 몰랐던 점들이 보이더군요. 세상일은 여러 각도에서 볼 수 있다는 점, 여러 각도에서 봐야만 한다는 점, 결코 하나의 정답만 있지 않다는 점이 말입니다.

　새로운 삶의 방식으로 살게 된 이후 제 인생은 세 가지 부분에서 바뀌었습니다. 바로 시간에 관한 생각과 새로운 통찰력, 남다른 관점이에요. 먼저 매사에 조급하게 접근하기보다는 한발 떨어져서 여유 있게 생각하면 더 단단한 결과를 낼 수 있다는 사실을 알게 됐죠. 나는 언제나 조급했고 시간이 없다고 느꼈는데 시간을 대하는 관점이 달라지자, 오히려 느리게 걷는 삶이 꽤 괜찮다는 사실을 알게 됐습니다. 두 번째는 한 꺼풀만 벗겨보면 겉보기와는 전혀 다른 세상이 펼쳐진다는 사실을 알게 됐습니다. 그러니까 세상을 있는 그대로 받아들이지 않고 조금만 깊이 들여다봐도 이전과는 다른 시각에서, 세상의 다양한 면을 즐길 수 있다는 얘기입니다. 세상은 참 복잡다단한 곳이니까요. 세 번째는 다른 관점에 대해서도 생각하게 되었습니다. 내가 그동안 알았던 상식과는 다른 이야기에 관해서도 관심을 기울이고 호기심을 가지고 접근하게 되었죠.

사실 저는 기자를 그만두고 미국에서 농부로 살기로 했을 때 글을 쓰면서 사는 삶은 이제 끝났다고 생각했습니다. 12년 동안 기자로 일하면서 매일 같이 고민했거든요. '내일은 뭘 쓰지?' 회사를 그만둔 뒤 그런 고민을 하지 않아도 되니까 너무 좋았습니다. 하지만 사람은 잘 안 바뀌나 봐요. 틈틈이 동네 도서관에 가서 신문을 읽고 책을 보게 되더군요. 세상 돌아가는 얘기도 읽고 조금 묵직하고 어려운 얘기도 깊이 있게 들여다봤습니다. 달라진 점은 물론 있습니다. 예전엔 글 한 꼭지, 책 한 권을 읽더라도 모두 기사를 쓰기 위해 읽었지요. 그보다 더 전에는 학교 시험을 치기 위해 읽었겠죠. 그런데 40세가 넘어 처음으로 '아무런 목적이 없이' 글을 읽자니 너무 재미있는 거예요! 뭔가가 제 안에 쌓이는 느낌이 들었어요. 그래서 저는 너무 재미있어 누군가에게 들려주고 싶은 이야기를 쓰기 시작했습니다.

'미국 농부 김선우의 세상 엿보기'라는 제목으로 2017년 가을부터 네이버 비즈니스 판 '인터비즈'에 글을 쓰기 시작했습니다. 매주 설레는 마음으로 마감을 맞았죠. 마치 처음 글을 쓰는 사람처럼 즐거웠어요. 그렇게 쓴 글이 140개가 됐습니다. 그중에서 고르고 고른 마흔다섯 개의 글을 엮어 이 책을 만들었습니다.

처음에는 세상 돌아가는 이치를 저의 변화한 일상과 대조해 적어 내려갔어요. 남들보다 조금 느린 일상과 다른 스타일의 삶에 관해 썼습니다. 그랬을 뿐인데 코로나바이러스가 일상을 지배하고 나자 졸지에 제 삶의 방식이 '뉴노멀'이 되었고 또 '넥스트 노멀'이 됐습니다. 바쁘고 정신없이 살다가 숨을 고르게 되었을 사람들이 이쯤에서 멈춰서서 들으면 좋을 그런 이야기지요. 코로나바이러스로 인해 변화한 삶의 모습을 제가 선행하고 이야기하게 된 셈이라고나 할까요.

이 책에는 흔히들 생각하는 정답과는 다른 관점이 녹아 있습니다. 우리가 아는 상식에서 벗어난 얘기도 있고요. 제가 정신없이 바쁘게 살 때라면 '말도 안 돼'라며 흘려들었을 내용도 있어요. 바쁘게 앞만 보고 전진하던 현대인들에겐 한가롭게 들릴 수도 있고 불편할 수도 있는 얘기들입니다. 하지만 잠시 멈춰서 생각해본다면, 정신없이 변하고 있는 이 시대엔 느리게 걷는 일이 더 빠른 지름길이 될 수도 있을지도 모르겠습니다.

이런 관점은 한때는 앞만 보고 죽을힘을 다해 달리다가 멈춰서서 이젠 조금 천천히 살기 위해 다양한 삶의 방식을 연구해본 저 같은 사람, 즉 삶의 양극단을 모두 경험해본 사람만이 가질 수 있다는 생각이 들었습니다. 그런 관점들을 지금 정신없이 바쁘게 사는 사람들에게 들려주고 싶은 마음에서 쓰기 시작했습니다. 당장 하는 일을 그만두어야 한다는 뜻이 아닙니다. 치열하게 바쁘게 사는 삶에 문제가 있다는 것도 아닙니다. 오히려 그럴수록 잠시 발걸음을 멈추고 생각을 하면 더 멀리 가고 더 열심히 살 수도 있다는 얘기를 하고 싶었어요. 그러니 바쁘고 힘든 삶을 살고 있다면 이 글을 삶의 스펙트럼의 반대편에서 보내는 인사말 정도로 생각하고 읽었으면 좋겠습니다.

인터비즈에 이 글을 쓰기 시작한 이후 더 많은 글을 쓰게 됐습니다. 신문사 동기로 만난 아내와 이메일 구독 서비스(blog.naver.com/wildwildthing)를 시작했죠. 이메일 구독 서비스에는 이 책에 쓴 내용과 비슷한, 조금은 마이너한 취향의 글을 씁니다. 세상을 다르게 보는 방식을 가족의 생활에 적용해보고, 책을 읽고, 성장하는 이야기입니다. 그러니까 「미국 농부 김선우 세상 엿보기」는 제게 글을 쓰는 새로운 세상을 열어준 셈이 됐습니다. 이 자리를 빌려 글을 쓸 수 있는 공간을 열어준 인터비즈와 석동빈 선배에게 감사의 말씀을 드립니다. 괴상한 아이디어를 재미있다고 받아준 아내와 두 딸에게도요.

2020년 겨울
미국 시애틀 근처에서
김선우

차례

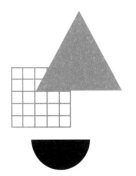

3 지속가능한 삶을 모색하는 사피엔스를 위한:
조금 다르게 생각하기 가이드

# 1
# 숨가쁘게 살아온 사피엔스를 위한:
# 조금 더 느리게 걷기 가이드

우리가 진정으로 깨어나는 때는
사실 우리 안에서 무언가가 멈출 때다.
그제야 우리는 우리 나름의 독창적인 생각을
시작하기 때문일 거다.
앞으로는 종종 할 일 목록에 '아무것도 하지 않기'를
넣어야 할 것 같다.

# 워라클과 뉴노멀…
# 대전환의 시대에 우리는

~~~~~~~~~

돌아보면 많은 게 변했다. 10년 전 내 모습과 지금 내 모습은 너무도 다르게 느껴진다. 세상도 마찬가지다. 과거와 현재의 세상은 너무나 다르다. "라떼는 말이야~"라는 말이 왜 유행하는지 알 수 있을 것 같다. 너무 많은 것들이 빠르게 바뀌었기 때문에 과거가 지금과 얼마나 다르고 신기했는지 말하고 싶은 사람이 늘어난 걸지도 모른다. 당신이라면 안 그렇겠는가.

인간은 지금이 과거와 비교해 많이 바뀌었다고 생각하는 반면 미래가 지금과 비교해 얼마나 바뀔지는 깊이 생각하지 않는다. 우리는 지금 사는 방식대로 변하지 않고 영원히 살 수 있을 것으로 생각하는 경향이 있다는 얘기다. 과거와 현재는 경험에 비추어 비교할 수 있지만 미래는 미지의 영역인 탓이기도 하다.

이런 경향을 '엔드 오브 히스토리 일루전End of history illusion'이라고 부른다. 이 착각은 이렇게 작동한다. 우리는 과거부터 계속 조금씩 바뀌어서 지금에 이르렀다. 우리는 그런 변화를 직접 겪기에 지금의 내가, 또는 지금의 세상이 과거보다 많이 변했다고 느낀다. 하지만 지금, 이 순간의 나는 앞으로 더 바뀌지 않고 그대로일 것이라 믿는다. 세상이 미래에도 지금과 같은 방식으로 작동할 것이라고 믿는다. 쉽게 말해, 지금 이 순간이 역사의 끝인 것처럼 착각하는 셈이다.

하지만 사실 '지금'은 과거·현재·미래로 이어지는, 시간이라는 선 위의 한순간일 뿐이다. 우리는 계속 바뀌어왔고 앞으로도 계속 바뀔 것이다. 바뀔 수밖에 없다. 그런데 이 엔드 오브 히스토리 일루전 때문에 우리는 바뀐다는 사실을 애써 부정하게 된다. 미래의 변화에 대처하기 어려워지는 것이다.

세상이나 내가 더는 바뀌지 않을 것이라는 착각은 변화를 받아들이기 어렵게 만든다. 이 이론은 우리가 변하지 않으려 발버둥을 치는 이유에 대한 적절한 설명이 될 수 있을 듯하다.

엔드 오브 히스토리 일루전은 비교적 최근에 나온 이론이다. 조르디 쿠아드박 등 세 명의 학자가 18~68세 1만 9,000명을 대상으로 실험해 2013년 발표한 논문에 따르면 사람들은 성격, 가치관, 선호도의 미래 변화를 과소평가하는 것으로 나타났다. 예를 들면 보통의 20세 사람이 예상하는 '앞으로 10년 동안 일어날 변화보다 보통의 30세 사람이 느끼는 지난 10년 동안 자신에게 일어난 변화'가 훨씬 많다. 학자들은 프랜시스 후쿠야마의 책 『역사의 종말』에서 이 이론의 이름을 따왔다.

인간은 지금 자신의 모습을 좋아하는 경향이 있다. 지금의 자신이 제일 좋은 버전의 자신이라고 여긴다는 얘기다. '지금 알고 있는 걸 그때도 알았더라면'이라고 생각할 수 있는 현재가 마음에 드는 거다. 만일 우리의 성격이나 선호도가 언제 어떻게 바뀔지 모른다고 끊임없이 의심한다면 의사 결정을 할 때마다 피곤할 것이다.

사실 잘 생각해보면 지금 여기가 변화의 끝일 리가 없다. 시간을 돌려서 1월로 돌아가보자. 1월 이후만 생각해도 너무나도 많은 게 변했다. 마스크가 생활 필수품이 됐고 재택근무가 일상이 됐다. 일과 삶은 뒤죽박죽됐다. 이젠 워라밸Work Life Balance이 아니라 워라클Work Life Cycle이라는 개념이 새롭게 뜨고 있다. 일과 삶은 균형을 맞추는 대상이 아니라 순환의 대상이라는 얘기다.

화상회의가 뉴노멀이 됐고 넷플릭스 구독자는 폭발하듯 늘어나고 있다. 사람들의 옷 소비가 줄었다. 외출하거나 출퇴근할 때 입는 옷을 만드는 의류업체들은 위기에 처했다. 대신 집에서 입는 편한 옷을 만드는 홈웨어업체의 주가는 계속 오르고 있다.

우리는 지난해 12월 말 새해 계획을 세우면서 이런 엄청난 변화가 기다리고 있으리라고는 상상도 하지 않았다. 하지만 이렇게 많이 변하지 않았는가. 이뿐이 아니다. 이 순간에도 우리는 어쩌면 "이미 이렇게 많이 변했는데 앞으로 얼마나 더 큰 변화가 오겠어?"라는 생각을 하고 있을지도 모른다. 아니면 아예 지금까지의 변화가 끝이라고 당연하게 여기고 있을지도 모른다. 엔드 오브 히스토리 일루전의 작용 때문이다.

하지만 현재는 과거가 쌓여 찾아온 필연적인 결과가 아니다. 현재는 그저 지나가는 순간이자 연속적인 변화의 한 지점일 뿐이다. 코로나바이러스 백신이 나오기까지 세상이 얼마나 더 변할지, 나는 얼마나 더 바뀔지 아무도 모르는 일이다. 백신이 나온다고 해도 과거로 다시 돌아갈 수 있을지도 미지수다.

지금 팬데믹의 한가운데에서 "그동안 참 많은 변화가 있었네"라고 놀라워하는 것도 좋지만 "앞으로 또 변화가 생길 수도 있다"라는 사실을 인지하는 것도 중요할 것이다. 정신을 굳게 다잡고 '무엇을 상상하든 그 이상'이 벌어질지도 모른다는 마음가짐으로 미래를 맞이하면 어떨까.

# 가속하는 시대에 '지루함'이 주는 의미

사는 곳에 눈이 엄청 많이 왔다. 겨울에도 눈보다는 비가 많이 내리는 지역이라 타격이 컸다. 아이들 학교는 문을 닫았고, 우리 가족은 사흘 동안 집에서 꼼짝도 하지 못했다. 천만다행으로 먹을 게 떨어지지는 않았고, 전기도 나가진 않았다. 그래도 하늘에서 하염없이 떨어지는 눈을 보면서 마음 한편으로 걱정이 끊이질 않았다. 갑자기 생긴 이 많은 시간에 도대체 뭘 해야 할지 몰랐기 때문이다.

생산성에 목을 매는 현대인에게 지루함은 치료해야 할 병이자 씻어야 할 죄악이다. 아이들이 지루해 하면 부모로서 뭔가 크게 잘못한 느낌이 든다. 학원을 더 보내야 할지 고민이 시작된다. 자동차 여행을 갈 때나, 레스토랑에서 가족끼리 식사 한 끼 할 때조차 아이들에게 어떤 동영상이나 영화를 틀어줄지, 어떤 게임을 하게 할지 미리 준비하는 부모가 많다. 아이들이 지루하다고 하는 순간 부모의 능력이 떨어진 것 같기 때문이다. 게다가 아이들의 지루함은 곧 나의 편안함을 망치기도 한다.

아이들뿐이 아니다. 어른인 나도 지루하면 뭔가 인생을 잘못 사는 것 같은 느낌이 든다. 성공적인 사람은 바쁘고, 바쁜 사람은 지루할 틈이 있어서는 안 된다. 모든 일은 극대화해야 하고, 효과적으로 해야 하며 목적이 있어야 한다. 그렇지 않은 일은 피해야 한다. 아침에 눈을 떠서 밤에 잠이 들 때까지 숨 한번 돌리기가 어려운 바쁜 삶을 사는 사람들이 대부분이다. 그런 세상에서 지루함은 뭔가 잘못됐다는 얘기나 다름없다.

그런데 사실 지루함은 피해야 할 것이 아니다. 오히려 적극적으로 활용해야 한다. 학자들에 따르면 지루함은 창의력을 키워준다. 학술지 『아카데미 오브 매니지먼트 디스커버리스 Academy of Management Discoveries』에 실린 최근 연구에 따르면 지루한 작업을 한 사람들이 흥미로운 작업을 한 사람들보다 좋은 아이디어를 많이 내는 것으로 나타났다. 연구자들은 사람들을 두 그룹으로 나누었다. 한 그룹의 사람들에게는 그릇에 담긴 콩을 색깔에 따라 분류하는 '지루한' 작업을 시켰고 다른 한 그룹의 사람들에게는 흥미로운 공작 시간을 갖게 했다. 모든 사람에게는 "지각을 했을 때 그럴듯한 변명거리"를 생각해보라고 시켰다. 변명이 독특할수록 더 높은 점수를 매겼는데, 지루한 작업을 한 사람들은 흥미로운 작업을 한 사람들보다 더 질 좋고 많은 변명을 생각해냈고 더 높은 점수를 받았다.

지루함이 작동하는 방식은 이렇다. 사람은 멍을 때리거나 빈둥거릴 때 뇌에서 '디폴트 모드Default mode'라는 네트워크가 활성화된다. 이때 인간의 뇌는 가장 독창적으로 생각하고, 상상의 나래를 펼치며 문제를 해결하기 시작한다. 마음의 시간 여행을 다녀오기도 한다. 과거로 돌아가서 어떤 일이 일어났는지 생각하고 이해를 해보려 하며 교훈을 얻는다. 자신의 미래 모습을 상상하기도 하고 또 이에 맞춰 계획을 세운다. 마크 A. 호킨스는 책 『당신은 지루함이 필요하다』에서 "지루함은 생각이 자라고 발전할 공간을 제공한다. 지루함 속에서는 당신이 알던 모든 정보가 무의식 속의 다

른 모든 정보와 만나 배양되고 혼합될 기회를 얻는다. 마법
은 이때 일어난다'라고 설명했다.

그렇다면 제대로 지루해지기 위해선 어떻게 하는 게 좋을
까? 제대로 지루하려면 거의 집중할 필요가 없는 활동이 좋
다. 빨래를 개거나, 산책하는 것도 좋고, 그냥 눈을 감고 앉
아 있는 것도 방법이다. 음악과 같은 자극은 별로 도움이 안
되며 요가나 명상도 지루함과는 거리가 멀다. 스마트폰이나
디지털 기기는 금물이다. 돌이켜 보면, 산책하거나 샤워를
할 때, 또는 누워서 잠들기 직전에 좋은 아이디어가 떠오르
는 데는 다 이유가 있었다. 내 마음이 지루함을 견디고 있었
기 때문이다.

물론 중요한 건 지루함 자체는 아니다. 우리의 마음과 뇌
가 이런 지루한 상황에 대처하는 방식이 중요한 거다. 하지
만 지루함을 많이 겪지 않으면 지루함을 어떻게 이용할지
모르게 된다. 특히 스마트폰과 태블릿 PC가 일상이 된 요
즘에 자라나는 아이들이 그렇다. 그래서 아이들에겐 어렸을
때 지루함을 겪는 경험이 중요하다. 지루함에 대처하면서
생각을 하고 계획을 세우고 상상을 할 기회를 줘야 한다. 인
생을 흥미롭게 만드는 건 우리를 둘러싼 환경이 아니라 자

기 자신이라는 사실을 빨리 깨닫게 해줘야 한다.

토마스 L. 프리드먼의 책 『늦어서 고마워: 가속의 시대에 적응하기 위한 낙관주의자의 안내서』에는 이런 구절이 나온다.

"기계는 일시 정지 버튼을 누르면 멈추지만, 사람은 그때야 움직이기 시작한다."

우리가 진정으로 깨어나는 때는 사실 우리 안에서 무언가가 멈출 때라는 얘기다. 그제야 우리는 우리 나름의 독창적인 생각을 시작하기 때문일 거다. 앞으로는 종종 할 일 목록에 '아무것도 하지 않기'를 넣어야 할 것 같다.

# 일주일에 한 시간,
## 아무것도 안 하는 시간 갖기

———————————

———————————

———————————

1980년대에 미국의 국무장관을 지낸 조지 슐츠는 일주일에 한 시간 혼자만의 시간을 가졌다. 그는 연필과 노트만 갖고 방문을 닫으며 비서에게 이렇게 말하곤 했다.

"아무도 전화 연결하지 마세요. 두 사람만 빼고. 아내나 대통령."

하물며 일반 회사원도 일주일에 한 시간을 내기 힘든데 눈코 뜰 새 없이 바쁜 미국의 국무장관에게 일주일에 한 시간은 엄청난 부담이었을 것이다. 하지만 슐츠 장관에게 이 한 시간은 전략적으로 자신을 돌아보고 큰 그림을 그릴 수 있는 유일한 시간이었다. 이 한 시간이 아니었다면 그는 순간순간의 의사 결정에 허덕이며 단기적인 목표와 결과만 보고 살았을지도 모른다. 그래서 이렇게 아무 일도 하지 않는 일주일 중 한 시간을 '슐츠 아워Shultz hour'라고 한다.

정신없이 바쁘게 살면서 당장 끝내야 하는 눈앞의 일에만 매달리다 보면 일을 왜 하는지조차 잊게 되는 경우가 많다. 직장인이라면 대부분 겪는 일이다. 하지만 어느 분야에서건 성공하기 위해서는 큰 그림을 봐야 한다. 오히려 바쁜 사람일수록 짬을 내서 아무것도 하지 않는 시간을 가져야 한다. 그러다 보면 생각을 하기 마련이고 전체 그림을 보기가 쉬워진다.

조금 더 여유가 있는 사람들은 일주일에 한 시간이 아니라 조금 더 긴 시간을 아무것도 하지 않으며 보낸다. 베스트셀러 『사피엔스』의 저자 유발 하라리가 대표적이다. 그는 하루에 두 시간 명상하며 1년에 두 달은 인도 뭄바이 근교의 암자에서 세상과 연락을 끊고 지낸다. 2016년 도널드 트럼프가 미국 대통령이 됐다는 소식도 두 달 후에 알았을 정도다.

캐나다의 온라인 쇼핑몰 구축 솔루션 '쇼피파이'의 공동 창업자이자 CEO인 토비아스 뤼트케는 분기에 일주일씩 혼자만의 시간을 갖는다. 사무실에 출근하기도 하고 책을 싸들고 숲에 들어가기도 한다. 하지만 대부분은 10년 후의 쇼피파이에 대한 생각을 하면서 보낸다. 항상 단기적인 계획에 매몰돼 있기에 분기에 한 번씩 일부러 장기적인 계획을 위한 시간을 보낸다는 얘기다.

심리학자 아모스 트버스키는 좋은 연구를 하는 비결이 일을 덜하는 데 있다고 말하곤 했다. 그는 "몇 시간을 허비하지 못하면 몇 년을 허비하게 된다"라고 말했다.

문제는 우리가 아무것도 하지 않는 걸 상당히 버거워한다는 데 있다. 한 시간이 아니라 15분도 벅차다. 사람들에게 15분 동안 방 안에서 혼자서 생각을 하며 보내보라고 한 실험이 있었다. 이들에게는 지루할 때를 대비해 다른 한 가지 선택지를 줬는데 스스로 약한 전기 쇼크를 주는 것이었다. 놀랍게도 15분 동안 67%의 남성과 25%의 여성이 자신에게 전기 쇼크를 가했다. 가만히 앉아서 혼자 생각을 하느니 뭔가 부정적인 거라도 자극을 받는 게 낫다고 생각했다는 얘기다. 아무것도 하지 않는 게 이렇게 힘들다.

사실 인류는 비교적 최근까지 지루한지도 모르고 살았다. '지루함Boredom'이라는 어휘가 생긴 것도 19세기 중반부터다.

그전까지 지루함은 그냥 삶의 일부였다. 인류가 영위한 단순한 삶은 지루함의 연속이었다. 그랬기에 역설적으로 지루한지 몰랐으며 이를 표현할 필요가 없었다.

그런데 산업혁명 이후 소비문화의 발달과 함께 인류는 끊임없는 자극 속에 살게 됐다. 자극이 없었을 때는 지루함을 느끼지 못했지만 한번 자극을 맛보고 나면 자극을 갈구하게 된다. 계속되던 자극이 없어지는 순간 지루해진다.

이제 자극에 익숙한 우리는 쉽게 지루하다. 그리고 지루함은 참을 수 없는 고통이 된다. 뭔가 하지 않으면 미칠 것 같기 때문이다. 하지만 지루함은 피해서 좋을 게 없다. 적극적으로 활용해야 한다. 지루함은 우리에게 꼭 필요하다. 지루할 때 인간은 생각을 더 하고 창의적이 되기 때문이다.

코로나바이러스 때문에 '집콕' 하고 있자면 지루해지기 쉽다. 그래서 '언택트'와 관련된 서비스가 더욱 인기를 얻고 있다. 밖에서 사람을 만나고 돌아다니는 대신 집에서 넷플릭스를 구독하고 유튜브를 보며 운동을 한다. 하지만 이번을 기회 삼아 아무것도 안 하는 시간을 가져보면 어떨까. 삶을 돌아볼 수 있게 될지도 모르고, 창의성이 살아날지도 모르는 일이다.

# 미루기의 기술:
## 내일 할 수 있는 일을 절대로 오늘 하지 마라

~~~~~~~~

고등학교 때 나는 문과생이었다. 수학을 못하거나 싫어하는 학생들이 가는 문과. 적어도 나는 그랬다. 그런데 이율배반적이게도 문과에선 수학을 조금만 잘하면 성적을 올리기가 쉬워진다. 그래서 항상 수학 공부를 열심히 하겠다는 다짐을 하곤 했다. 그러기 위해선 공부를 시작할 때 수학 공부부터 해야 한다. 중요한 일부터 해야 하는 법이니까. 하지만 매일 공부를 시작할 때가 되면 고민이 생겼다. 잠깐 다른 과목을 먼저 공부해서 머리를 풀고 수학 공부를 시작하면 안될까. 자신 있는 과목부터 빨리 끝내버리고 수학 공부를 하면 어떨까. 수학 공부를 하기 싫으니까 온갖 핑곗거리가 머릿속에 떠올랐다. 고민 끝에 결국 나는 좋아하는 영어와 국어를 먼저 공부했다. 그러다 보면 나중에 수학을 공부할 시간은 없었다. 그렇게 매일 나의 수학 공부 시간은 조금씩 줄어갔다. 이 때문만은 아니겠지만 난 결국 삼수를 하고도 원하는 대학에 가지 못했다.

대학을 졸업하고 신문기자가 됐다. 좋아하던 국어와 영어 공부를 매일 할 수 있었다. 기자에게 언어는 무기나 다름없다. 국어와 영어를 좋아한 게 도움이 많이 됐다. 그런데 이번에는 기사 쓰는 순서가 고민이었다. 선배들은 쓸 기사가 많을 때는 무조건 큰 기사부터 쓰고 작은 기사는 나중에 쓰라고 가르쳤다. 큰 기사는 중요하기 때문에 차장과 부장이 손도 많이 봐야 하고 그러다 보면 다시 쓰게 되는 일도 생기곤 했다. 중요한 기사부터 쓰라는 당연한 가르침이었다. 하지만 가끔 기사를 두 개 이상 써야 할 날이면 나는 주저하지 않고 작은 기사부터 썼다. 일단 쉬운 일부터 끝마치고 중요한 일에 집중하자는 취지였다.

살다 보니 이런 일이 너무도 많았다. 시험을 앞두고 책상 정리를 하다가 밤을 새워서 방 전체를 정리하는가 하면 중요한 리포트를 쓰기 전에는 꼭 집 안 청소를 했다. 숙제를 하다 말고 손톱을 깎기도 한다. 회사에 큰 프로젝트가 있으면 신경에 거슬릴 만한 사소한 일부터 해치운다. 오늘 마감할 일이 있으면 밀린 이메일 답장부터 하곤 했다.

나만 그런 줄 알았다. 이렇게 중요한 일은 미루고 덜 중요한 일부터 하는 괴상한 습관은 나에게만 있는 줄 알았다. 적어도 스탠퍼드대학 철학과 존 페리 교수가 쓴 『미루기의 기술: 늑장부리고 빈둥거리고 게으름 피우면서도 효율적인 사람이 되는 법』을 읽기 전까지는 그랬다.

책을 읽어보니 페리 교수는 나와 매우 비슷한 사람이었다. 그가 스탠퍼드대 기숙사 사감으로 있을 때 일이다. 그는 강의 준비를 하고 리포트 채점도 해야 했다. 그런데 그는 중요한 할 일이 있을 때마다 기숙사에 가서 학생들과 탁구를 치거나 라운지에 앉아 신문을 읽곤 했다. 중요한 일을 미루고 논 셈이다. 그러자 놀라운 일이 일어났다. 그가 학부생들과 교류를 하는 보기 드문 쿨한 교수라는 평판을 얻게 된 것이다.

그는 중요한 일을 미루는 습관이 있는 사람들은 그 와중에 아무것도 하지 않는 게 아니라 조금 덜 중요한 일을 한다는 사실을 깨달았다. 정작 중요한 일은 하지 않지만 어떻게

라도 조금씩은 뭔가를 한다는 얘기다. 그렇다면 할 일을 미루고 하는 '덜 중요한 일'의 질을 조금 높이면 어떨까? 그는 이 미루기의 기술에 '체계적인 미루기Structured Procrastination'라는 이름을 붙였다.

페리 교수가 할 일을 차일피일 미루는 걸 찬양하는 건 아니다. 일을 늦게 하는 건 좋지 않은 습관이다. 자신에게도 안 좋을뿐더러 협업의 한 부분을 담당한 경우엔 여러 사람에게 피해를 주게 된다. 하지만 기왕 중요한 일을 미루는 습관이 있다면 그 습관을 고치기가 너무나도 힘들다는 사실을 마음 편하게 받아들이는 것도 괜찮다. 중요한 일을 미루는 대신 조금 덜 중요한 일들을 해내게 된다는 사실을 기쁘게 생각하라는 얘기다.

페리 교수는 이러한 습관을 역으로 이용하는 방법도 소개했다. 그중 하나는 할 일 목록을 작성할 때 제일 중요한 일을 세 번째 정도에 쓰는 거다. 예를 들면 오늘 꼭 해야 할 일이 집 청소라면 1, 2번에는 중국어 배우기나 1일 1식 실천하기와 같이 절대로 하지 않을 것 같은 일을 쓰고 3번에 청소를 쓰는 거다. 그러면 1, 2번이 너무 하기 싫어서 3번을 시작할지도 모르기 때문이다.

또 리스트 작성하는 걸 좋아하는 사람이라면 할 일을 단계별로 작게 쪼개서 작성하는 방법을 추천했다. 만약에 오늘까지 글을 꼭 써야 한다면, ①커피 타기 ②책상에 앉기 ③컴퓨터 켜기 ④메일 체크하지 않기 ⑤웹서핑하지 않기 ⑥워드 프로그램 열기와 같이 단계적으로 중요한 일에 접근하도록 자신을 유도하라는 설명이다.

반드시 해야만 하는 마지막 순간까지 일을 미루는 습관이 있는 사람은 어떻게든 그 습관을 고치고 싶어 한다. 그런데 페리 교수의 책을 읽어보면 그냥 자신의 단점을 받아들이는 것도 나쁘지 않다는 걸 알 수 있다. 일을 미루면 덜 중요한 일들을 조금씩 끝낼 수 있고 자신에 대해 조금은 자부심을 가질 수 있으니까.

미루기를 긍정적으로 생각하는 학자가 또 한 명 있는데, 바로 베스트셀러 작가이자 심리학자인 애덤 그랜트다. 그는 책 『오리지널스: 어떻게 순응하지 않는 사람들이 세상을 움직이는가』에서 다양한 아이디어를 탐색하기 위해 전략적으로 일을 미룰 때 더 창의적인 결과가 나오기도 한다고 지적했다. 그는 이런 미루기 효과를 '전략적 지연'이라고 했다. 이를테면 레오나르도 다빈치는 「최후의 만찬」을 구상하는 데 15년

이 걸렸다. 독창적 생각이 완벽해질 때까지 완성을 미뤘기 때문이라고 한다.

'체계적인 미루기'나 '전략적 지연'은 미루는 버릇이 있는 사람들이 자기 합리화를 위해서 만들어낸 말이라고 생각할 수도 있겠다. 하지만 미루기의 달인들에게 그런 개념은 물에 빠졌을 때 간절한 지푸라기일 수도 있고, 한 줄기의 빛일 수도 있다(결과론적인 얘기겠지만, 고등학교 때 한 영어 공부는 지금 미국에서 사는 내게 큰 도움이 되고 있다!).

# 코로나 시대의
# 가족들

코로나바이러스로 인해 아이들 개학이 연기되자 학부모들은 직업이 늘었다. 컴퓨터 화면상에만 나오는 진짜 선생님의 보조 교사 역할을 해야 할 때가 있고 아예 교사가 돼서 아이들을 가르쳐야 할 일도 생긴다. 그뿐이 아니다. 아이들의 컴퓨터 조작을 돕는 전산실 직원도 돼야 하고 심지어 이와 동시에 아이들 '급식'도 준비해야 한다. 물론 자기 일을 하면서 말이다.

　미국도 사정이 크게 다르지 않다. 뉴욕 타임스에는 미국 전역에서 학부모들이 아이들 뒤치다꺼리를 하느라 비명을 지르고 있다는 보도가 나오기도 했다.

할 일이 많아진 건 두 번째 문제다. 부모들을 진짜 미치게 하는 건 말을 잘 안 듣는 아이들이다. 네 살과 일곱 살 아들 둘을 둔 덴버의 한 교사는 자신이 아들을 가르치는 건 어렵지 않을 것으로 생각했었다. 하지만 이번 코로나바이러스 덕에 그런 생각을 완전히 버렸다. 특히 일곱 살 아들과는 서로를 잡아먹지 못해 으르렁거리고 산다. 학교에선 문제가 없는 아이인데 집에서는 3초마다 한 번씩 난리가 난다. 그래서 이 선생님이자 엄마는 말한다.

"난 남의 자식들을 가르쳐야 해요."

7남매를 키우는 뉴욕의 한 아버지는 시 교육 당국이 주겠다고 약속한 다섯 개의 태블릿 PC가 오기만을 기다리고 있다. 대학을 다니는 이 집 어머니는 애들을 봐주고 자기 공부를 하다가 새벽 세 시가 돼서야 잠자리에 들곤 한다. 하루는 너무 힘든 나머지 화장실에서 몰래 울었다.

오하이오주의 5학년을 가르치는 한 선생님은 반 학생 25명 중 온라인 수업에 빠지지 않고 참여하는 학생은 여섯 명뿐이라고 했다. 학부모들은 "노력은 하는데 너무 바빠서 애를 도와주지 못하고 있다" 또는 "우리는 계속 시키는데 애가 공부를 안 한다"라는 내용의 메일을 보내왔다고 한다. 한 학부모는 딸을 온라인 수업에 참여시키기 위해 씨름하다가 누군가 한 명이 울고(혹은 둘 다 울고) 공부는 하나도 하지 못하는 날들이 반복되고 있다고 썼다.

그래서 아예 온라인 수업을 포기하는 집도 있다. 앨라배마대의 고고학자인 사라 팔칵은 트위터에 "1학년 아들의 선생님에게 온라인 수업에 참여하지 않겠다는 메일을 보냈다"라며 "1학년은 포기했고 아이의 생존과 웰빙이 먼저"라는 내용을 올렸고 학부모들은 크게 공감했다. 이런 부모의 어려움을 느꼈는지 도널드 트럼프 전 대통령은 주지사들에게 학교를 다시 여는 방안을 강구해보라는(당시 미국 상황에서는 말도 안 되는) 지시를 내리기도 했다.

전문가들은 부모들에게 너무 스트레스를 받지 말라고 조언한다. 브루킹스 연구소의 캐스린 허쉬-파섹은 "아이들이 아직 서로를 죽이지 않았고 당신이 아이를 죽이지 않았으며 애들이 초콜릿과 달콤한 간식 사이에 제대로 된 음식 비슷한 걸 먹었다면 괜찮다"라고 말했다.

이 얘기에 위안을 얻었다면 당신은 분명 혼자가 아니다. 자식이 부모를 힘들게 하는 경우는 너무도 많다. 하지만 부모가 되어본 사람은 안다. 이상하게도 바로 그렇게 우리를 미치게 하는 와중에 도저히 말로 설명할 수 없는 은밀한 기쁨이 생긴다는 사실을. 이것을 기쁨이라고 부르는 게 옳은지도 확신할 수 없다. 아마도 99.9%의 괴로움과 0.1%의 기쁨일 터다.

많은 부모가 아이 나이와 상관없이 이렇게 가깝고 내밀하게 지내본 건 처음이라고들 말한다. 코로나 이전에는 아무리 방학이라도 학원, 체험활동, 여행 등 야외활동을 하느라 바빴다. 그러니 보낼 데가 없어 꼭 붙어서 싸우면서 아이들과 부대끼는 것이 꼭 나쁘지만은 않다고 말하는 부모도 있다. 물론 한숨과 괴로움을 더 많이 토로하긴 하지만……

미래를 예측하고 싶은 사람들은 코로나 때문에 먼 미래에 올 줄만 알았던 4차 혁명 시대의 일상이 강제로 미리 왔다고들 말한다. 기술이 바뀌면 당연히 인간관계도 바뀔 것이다. 가족이라는 개념이 없어질지도 모른다고 생각했지만, 오히려 이렇게 더 부대끼는 사이로 바뀔 수도 있다.

피할 수 없으면 즐기라고 했던가. 코로나는 수많은 희생자를 낸 재앙이지만 이 기회를 자식을 깊이 이해하고 가족과 함께 지내는 법을 배워가는 과정으로 만들 수 있다면 그것은 이 지구적 재앙이 선물한 작은 좋은 점일 수도 있다.

우리 집에서는 아이와 부대끼는 시간을 서로 협력하는 시간으로 (조금이나마!) 바꾸기 위해 여러 가지 일을 함께하기로 했다. 코로나 유행 전이라면 방과 후 활동이나 등하교 때문에 바빠서 부모가 대신 챙겨줘야 할 일들을 아이에게 직접 시킬 만한 시간적 여유가 생겼기 때문이다. 처음 줌 미팅 수업을 시작했을 때 큰아이는 마이크나 스피커 설치에 서툴렀다. 내가 도우려 했지만 막상 수업 시작 시각이 다가왔는데도 제대로 설치가 안 되자 서로 신경이 곤두섰다. 나는 "왜 이걸 미리미리 준비를 안 했냐?"라고 했고 아이는 아이대로 뾰로통해져서 "아빠가 하라는 대로 했는데, 안 된 거"라고 투덜댔다. 나는 이제 수업을 듣는 것보다 아이가 스스로 수업 세팅을 하고 줌 미팅 시간을 챙기는 과정이 더 중요하다고 생각을 바꿨다.

식사를 빨리해야 하는 것도 아니고 숙제가 많거나 어딘가를 가야 하는 것도 아니다. 양파 껍질 정도는 아이가 까게 하고, 화장실 청소도 두 아이에게 나눠 시켰다. 지루함에 못 이겨 보드게임을 사면 초등학생 아이에게 게임의 방법을 알아내라는 과제를 주기도 했다. 부모가 일인다역을 다 떠맡는 것이 아니라, 아이 나이에 맞는 일상의 과제들을 가르치면서 역할을 조금씩 나눠주는 셈이다. 이런 코로나 일상이 얼마나 길어질지 모르지만, 이 기간은 누구에게나 영원히 기억에 남는 시간이 될 것이다. 아이가 엄마와 함께 파 손질하는 것을 배우고 아빠와 아이가 함께 볼 영화를 고르다가 싸우거나 타협하면서 서로의 취향을 알게 됐다면 그것 또한 즐거워할 만한 일이 아닐까.

애들과 집에서 보낸 시간은 분명히 기억에 남을 사건이었다. 그래도 아이들이 학교에 간 뒤 혼자서 또는 배우자와 함께 웃으며 집안의 조용한 평화로움을 즐긴다고 당신을 욕할 사람은 없을 것이다. 애들은 부모에게 그런 존재다.

# 패스트 패션의 재앙:
# 지속가능한 패션

———————————

———————————

———————————

코로나바이러스로 인해 재택근무와 사회적 거리두기가 일상이 된 이후 소비가 확연히 줄어든 품목 중 하나는 옷이다. 사람들은 종일 집에서 잠옷이나 트레이닝복 차림으로 일을 한다. 집 밖에 나갈 일이 많지 않으니 멋지게 차려입을 기회는 많지 않다. 쇼핑을 할 기회도 많지 않다.

세상에 옷은 이미 차고 넘친다. 1년에 전 세계 인구가 구매하는 옷은 800억 점에 이른다. 미국인들은 1980년대에 비해 다섯 배 많은 옷을 산다. 1인당 한 해 평균 68점의 옷을 산다는 의미다. 2015년 영국의 한 연구에서는 사람들이 이 옷을 평균적으로 일곱 번 정도 입은 뒤에 버린다는 사실을 밝혔다. 중국에서는 이 수가 더 적다. 새 옷을 몸에 걸치는 건 단 세 번이다.

보스턴 컨설팅 그룹에 따르면 우리의 옷 소비 습관이 변하지 않는 한 인류가 사들이는 새 옷은 현재의 6,200만 톤에서 2030년에는 1억 200만 톤으로 늘어날 전망이다. 세상에 옷이 얼마나 많으냐 하면 만약 전 세계가 지금 당장 옷 생산을 중단하더라도 인류가 앞으로 몇백 년 동안 모자람 없이 입을 옷이 이미 존재할 정도다. 옷장 저쪽 한구석에 10년 전에 산, 이제는 입지도 않는 셔츠나 스웨터를 생각해보시라. 언젠가 배가 조금 들어가면 다시 입으려고 놔둔, 젊은 시절에 산 청바지도.

의류산업이 환경에 미치는 악영향도 어마어마하다. 전 세계에서 1년 동안 사들이는 옷은 800억 점이지만 1년에 생산되는 옷은 1,000억 점이 넘는다. 약 20%가 안 팔리는 셈이다. 이 200억 점에 이르는 옷은 어디로 갈까. 땅에 묻거나 태운다. 2015년 미국에서는 1,000만 톤의 직물이 땅에 묻혔다. 대부분 옷이었다. 문제는 많은 옷이 합성 섬유로 만들어지는데 합성 섬유는 썩지 않는다는 데 있다.

세계은행은 산업 때문에 발생하는 수질 오염 중 20%가 의류산업 때문이라고 밝혔다. 맥킨지는 전체 탄소 배출량의 10%는 의류업계에서 발생한다고 추산했다. 전 세계에서 생산되는 화학약품의 25%는 의류업계가 사용한다.

사람들이 불필요하게 옷을 많이 사게 된 건 1980년대 후반 등장한 '패스트 패션' 때문이다. 패스트 패션은 최신 유행하는 옷을 빠른 속도로 싼 가격에 대량 생산한 뒤 전 세계 상점에서 판다. 키워드는 싼 가격. 생산 단가를 낮추기 위해 의류업체들은 가장 싼 노동력을 찾아 나섰고 세계에서 가장 가난한 나라에 공장을 지었다. 1991년 미국인들이 구매한 옷의 56.2%는 미국산이었지만 2012년에는 2.5%만 미국산이었다.

가장 큰 이득을 본 나라는 방글라데시다. 방글라데시의 의류 및 섬유산업은 280억 달러 규모로 GDP의 20%, 전체 수출의 80%를 차지한다. 의류산업에 고용된 사람은 450만 명에 달한다. 하지만 노동자 안전 문제는 심각하다. 2006년부터 2012년까지 500명이 넘는 노동자가 의류 공장에서 일어난 화재로 사망했다. 안전 기준을 높이기 위해 노력하고 있지만 최근 조사에 따르면 전체적으로 여덟 개 공장 중 겨우 한 개꼴로 안전 기준을 통과했을 뿐이다.

이런 방식으로 의류산업은 엄청나게 성장했다. 지난 30년 동안 5,000억 달러 규모의 내수 위주 산업에서 2조 4,000억 달러 규모의 글로벌 산업으로 거듭났다. 부자가 된 사람도 많았다. 2018년 포브스 조사 결과, 세계에서 가장 부유한 사람 55명 중 다섯 명이 의류업체 소유자였다.

공장과 매장을 모두 포함하면 의류산업은 전 세계 노동자 여섯 명 중 한 명을 고용할 정도로 크다. 하지만 의류업체에 고용돼 일하는 건 그다지 수지맞는 일이 아니다. 국제구호 개발기구인 옥스팜에 따르면 의류 생산 노동자 중 최저 생계 비용을 버는 사람은 전체의 2%도 안 된다.

이렇게는 지속가능하지 않다. 의류업체들도 그 사실을 안다. 그래서 많은 의류업체들이 지속가능성을 염두에 두기 시작했다. H&M은 2020년까지 모든 면을 재활용, 유기농으로 사용하겠다고 약속했다. ZARA는 환경친화적인 재료로 만든 의류 수거함을 매장에 설치한다. 루이비통을 소유한 LVMH는 친환경 패션으로 유명한 디자이너인 스텔라 맥카트니를 지속가능성 관련 특별 자문역으로 발탁했다. 리바이스는 청바지를 생산하는 과정에서 사용되는 물의 양을 줄이는 등 제품을 환경친화적으로 만들기 위해 노력하고 있다. H&M의 지속가능성 책임자인 아나 게다는 "우리는 앞으로 3년만 옷을 파는 게 아니기에 30년 동안 옷을 팔기에 알맞은 환경을 만들어나가야 한다"라고 말했다.

코로나가 진정되면 사람들은 다시 옷을 살 것이다. 멋지게 차려입고 외출하고 싶어질 것이다. 그런데 그 전에 한번쯤, 어떻게 하면 옷을 덜 빨고 수선해서 입을 수 있을지, 버리지 않고 중고로 팔거나 기부할 수 있는지 고민을 해보면 어떨까. 물론 그보다 더 중요한 건 몇 번 입고 버리거나 옷장 속에 고이 모셔둘 옷은 사지 않도록 마음을 단단히 먹는 일이다.

# 왜 항상 시간은
# 부족하게 느껴질까?

~~~~~~~~~~

우리에게 항상 부족한 게 하나 있다면 시간일 거다.

돈이라고 생각할 수도 있겠다. 하지만 사실 세상의 부는 계속 늘고 있다. 적어도 과거보다 살림살이는 나아지고 있다. 그렇지만 시간은 다르다. 5년 전이나 50년 전이나 똑같이 하루는 공평하게 24시간일 뿐이다.

물론 여가는 많아졌다. 수명도 길어졌다. 하지만 여전히 시간은 부족하다. 1960년 이후 인류의 수명은 13% 늘었다. 반면 같은 기간 소비력은 198%가 증가했다. 우리가 사는 시간은 13%가 늘었지만, 그 시간에 사용하는 돈이 훨씬 많아졌다는 얘기다. 여기에 기술의 발전과 효율성의 증가로 아긴 시간까지 더하면 시간이 넘쳐흘러야 하는데 오히려 그 반대다.

왜 그럴까? 198%의 늘어난 욕망을 13%의 늘어난 시간 안에 욱여넣으려다 보니 시간이 부족하게 느껴지는 거다. 세상에 이렇게 할 게 많고 재미있는 게 많은데, 시간이 없어서 못 하게 될까 불안해진다. 이런 현상은 'Fear Of Missing Out'. 즉, 다 누리지 못하거나 기회를 놓칠까 불안해 하는 FOMO 증후군으로 나타난다.

시간이 부족하게 느껴지는 또 다른 이유는 우리의 시간이 오염돼 있기 때문이다. 뭔가를 할 때 거기에 집중하지 못하고 다른 생각을 하는 시간이 많다는 의미다. 이는 스마트폰 중독과 관련이 깊다. 미국인들은 하루에 세 시간 반 스마트폰을 들여다본다. 한국인은 더하면 더했지 결코 덜하지 않을 것이다. 끊임없이 이메일과 문자, 소셜 미디어, 뉴스를 체크해야 하기 때문이다. TV를 보면서 트위터를 확인하고, 회의 중에 페이스북을 보며, 밥을 먹으면서 유튜브를 본다. 연락은 끊임없이 온다. 온전히 뭔가에 집중하는 시간을 찾기가 어렵다. 얼핏 보면 멀티태스킹을 하니까 생산성이 높아지는 것 같지만 사실은 제대로 되는 일이 없다. 오히려 더 피곤해지기만 한다.

'바쁨'에 대한 인식도 문제다. 일이 많아야 돈을 많이 번다고 생각하기 때문일까. 언제부턴가 우리는 할 일이 많고 바쁜 상태를 좋게 생각하게 됐다. 바쁜 삶이 일종의 특권이라 생각한다. 반면 한가하고 할 일이 없으면 뭔가 잘못 사는 듯한 느낌이 든다. 그래서 일부러 더 바쁘게 살기도 한다.

이렇게 이런저런 이유로 시간은 항상 부족하다. 심리학자들은 이런 현상을 '시간 기근Time famine'이라고 부른다. 문제는 시간이 부족하다고 느끼는 사람일수록 걱정이 많고 우울하다는 점이다. 그런 사람은 운동도 덜하고 건강에 좋지 않은 음식을 더 많이 먹는다.

그러면 어떻게 해야 할까. 시간이 부족해 힘들다면 시간을 아껴주는 분야에 돈을 쓰면 만족스럽다고 한다. 이는 연구 결과로 입증됐다. 가사도우미를 고용하거나 직접 장을 보러 가는 대신 배달을 시키는 게 좋은 예가 될 수 있다.

지난해 나온 책 『시간 그리고 시간 쓰는 법Time and How to Spend It』(국내 미발간)에서 제임스 월먼은 시간을 쓰는 방식에는 '정크 푸드'와 '슈퍼 푸드'의 두 가지가 있다고 했다. 정크 푸드 방식은 집 안에서 주로 혼자 시간을 보내며 TV나 보고 인터넷만 들여다보고 있는 걸 말한다. 슈퍼 푸드는 밖에 나가서 다른 사람과 함께 시간을 보내는 걸 이른다. 그러니까 슈퍼 푸드 시간을 쓰고 경험을 해야 한다는 얘기다.

이런 슈퍼 푸드 경험을 하기 위해서는 휴가가 필요하다. 하지만 휴가를 제대로 사용하지 못하는 사람들은 여전히 많다. 이는 미국도 마찬가지다. 미국인의 55%가 유급휴가를 모두 사용하지 못하는 것으로 나타났다. 이럴 때 '기능적인 변명Functional alibi'을 대서라도 휴가를 가고 경험을 쌓아야 한다. "휴가를 다녀오면 재충전이 돼서 일을 더 잘할 수 있어" 같은 변명 말이다. 아니면 하다못해 가족과 함께 가고 싶었던 남해 땅끝마을이라도 다녀온 뒤 '땅끝마을 방문'을 위시 리스트에서 지워보자. 일종의 성취감도 얻을 수 있고 시간을 잘 보냈다는 느낌도 받을 수 있다.

굳이 핑계를 댈 필요까지도 없다. 연구에 따르면 휴가를 잘 쓰는 사람일수록 승진하거나 연봉이 오르는 것으로 나타났다. 한국과 미국의 사정이 다르긴 하겠지만 그래도 상사가 싫어할까 봐 눈치 보면서 휴가를 다 안 쓰는 건 직장 생활에 전혀 도움이 되지 않는다.

# 결혼할 사람을 알려준다:
# 스탠퍼드대의 매리지 팩트

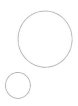

때는 2017년 가을. 스탠퍼드대 학생 소피아 스털링–앵거스와 리암 맥그레거는 경제학 수업 프로젝트를 준비하고 있었다. 둘은 스탠퍼드대 학생들의 결혼 문제를 다뤄보기로 했다. 서로에 대해 선호를 가진 집단 사이의 안정적 매칭을 찾아내는 알고리즘Gale-Shapley Algorithm을 활용해 '안정적인 결혼 문제Stable Marriage Problem'를 푸는 프로젝트였다. 안정적인 결혼 문제를 풀기 위해서는 같은 수의 남자와 여자가 모두 만족스럽도록 짝을 맺어줘야 한다. 둘은 학생들에게 보낼 설문 항목을 만들었다.

　사실 배우자를 만나기에 스탠퍼드대만큼 좋은 곳은 없을

것이다. 하지만 여느 대학과 마찬가지로 스탠퍼드대의 학생들도 공부하고 취업 준비하느라 바쁘다. 스틸링-앵거스와 맥그레거는 졸업 후 열심히 일하다 보면 괜찮은 사람은 이미 다 결혼을 해버렸을 것이라는 경각심을 학생들에게 심어주면서 설문을 부탁했다. 그때를 대비해 괜찮은 예비 후보를 하나 마련해주겠다면서.

50개 문항으로 이뤄진 설문은 결혼정보회사의 설문과는 좀 다르다. 종교와 정치적 성향, 성적 취향과 같은 기본적인 질문도 있지만, 관심사와 취미, 외모에 관한 항목은 없다. 대신 가치관에 관한 질문이 많았다. 예를 들면, 자녀 용돈은 얼마나 줄 계획인가? 집에 총을 둘 것인가? 자녀가 동성애자여도 괜찮은가? 자녀 스마트폰은 언제 사주는 게 좋을까? 변태적인 섹스를 좋아하는가? 얼마나 자주 섹스를 원하는가? 낙태는 합법이어야 하는가? 아재 개그에 대해 어떻게 생각하는가? 가치관이 비슷하고 삶을 바라보는 시각이 비슷한 사람을 맺어주려는 의도였다.

스틸링-앵거스와 맥그레거는 설문 답변이 100개만 와도 대성공이라고 생각했다. 그런데 웬걸, 무려 4,100개의 답이 왔다. 스탠퍼드대 전체 학부생의 60%에 가까운 수다. 둘은

이 설문을 알고리즘에 적용해 모두에게 결혼하면 가장 좋을 '딱 한 명'만을 찍어줬다.

결과가 공표되던 날 스탠퍼드대는 난리가 났다. 메일을 기다리며 새로고침을 하도 많이 해서 F5 키가 문드러진 사진이 뜨기도 했다. 1학년 기숙사는 혼란 그 자체였다. 스탠퍼드 밈Stanford Memo이라는 페이스북 페이지는 이 내용으로 도배가 됐다. 바로 스탠퍼드 매리지 팩트Stanford Marriage Pact가 탄생하는 순간이었다.

문제가 없지는 않았다. 그렇게 맺어진 상대가 이미 헤어진 전남친, 전여친인 경우가 수도 없이 나왔고 제일 친한 친구의 남자친구와 연결이 되는가 하면 남매가 짝이 되는 경우도 생겼다. 이미 사귀고 있는 커플도 두 커플이 나왔다. 가치관이 비슷한 사람을 연결하니 당연한 결과였다. 항의도 들어왔지만 스털링-앵거스와 맥그레거는 오히려 기뻤다. 의도한 대로 가치관이 비슷한 사람들이 맺어졌다는 방증이었기 때문이다.

이듬해에도 진행된 설문에는 더 늘어난 4,600개의 답이 돌아왔다. 결과가 발표되는 날은 비공식적인 스탠퍼드대 축제일이 됐다. 학생들은 자신의 짝을 직접 만나기도 하고 안 만나기도 한다. 물론 커플로 이어지기도 하고 이어지지 않기도 한다. 그래도 적어도 상대의 페이스북 페이지는 확인한다. 사실 누가 확인을 하지 않겠는가. 세 번째 스탠퍼드 매리지 팩트는 스탠퍼드대뿐 아니라 다트머스대, 프린스턴대, 서던캘리포니아대 등으로 확장할 예정이다.

혹시 페이스북의 창업 과정을 그린 영화 『소셜 네트워크』의 첫 장면이 기억나는가. 마크 저커버그는 여자친구에게 차이고 복수를 위해 하버드대 기숙사의 여학생 사진을 해킹한다. 마치 이상형 월드컵처럼 여학생 사진을 일대일로 붙여서 더 예쁜 얼굴을 고르는 프로그램을 만드는 장면이다. 이 프로그램은 다른 대학으로 퍼졌고 페이스북의 가장 초기 모델이 됐다. 수익성이 있을지, 더 발전할 수 있을지는 미지수지만 스탠퍼드대의 매리지 팩트도 엘리트 대학에서 시작해 다른 대학으로 퍼져 나가는 모습이 분명 페이스북과 닮았다.

데이트앱 시장은 이제 30억 달러(약 3조 5,000억 원) 규모다. 이제 미국인들은 결혼할 때 어떤 데이트앱으로 처음 만났는지를 자연스럽게 공표한다. 여전히 세상에는 외로움이 마치 전염병처럼 유행 중이다. 요즘의 젊은 세대는 역사상 섹스를 가장 조금 한다고 한다. 각종 데이트앱이 마르지 않는 샘처럼 새로운 데이트 상대를 끊임없이 추천해주는 데도 말이다.

이런 상황에서 결혼할 상대를 한 명만 콕 집어주는 스탠퍼드 매리지 팩트가 스탠퍼드대 학생들에게 가져다준 즐거움이 의미하는 건 무엇일까. 기술의 발전은 우리 선택의 폭을 넓히는 방향으로 진화해왔다. 어디에 접속하든 끊임없는 추천이 우리를 기다리고 있다. 요즘엔 넷플릭스를 두 시간 동안 봐도 영화 하나를 다 보지 못하는 사람도 많다. 몇 분 또는 몇 초를 보다가 재미없으면 다음 영화로 넘어가기 때문이다. 그래도 볼 영화는 넘친다. 이런 넓은 선택의 폭이 꼭 좋은 걸까.

유명한 잼 판매 실험이 있다. 스물네 가지 잼을 파는 판매대와 여섯 가지 잼을 파는 판매대를 설치했다. 사람들은 스물네 가지를 파는 곳을 더 많이 찾았지만, 판매는 여섯 가지만 파는 곳이 훨씬 잘됐다. 선택의 폭이 넓으면 좋을 것 같지만 사실 너무 많은 선택지는 선택장애 또는 결정장애를 불러일으킨다는 얘기다. 내게 맞는 상대를 딱 한 명만 추천하는 스탠퍼드 매리지 팩트가 재미있게 느껴지는 이유는 어쩌면 수많은 선택의 기로에서 우리가 너무 지쳐 있기 때문일지도 모른다.

결혼해서 살다 보면 완벽한 상대는 없다는 걸 금방 깨닫게 된다. 수많은 사람과 연애를 해보고 고르고 골라 결혼한다고 완벽한 상대를 만날 수 있는 것도 아니다. 오히려 마음에 들지 않는 부분을 조금씩 참고, 서로가 맞지 않는 부분에 대해 타협하며 "그래도 이 사람뿐이 없다"라는 걸 깨닫는 게 결혼은 아닐까. 다른 인간관계도 마찬가지다.

# 사진을 찍지 않고
# 여름 휴가를 보낼 수 있을까?

───────────────

───────────────

───────────────

휴가를 앞두고 필름을 산다. 스물네 장짜리를 살지, 서른여섯 장짜리를 살지, 몇 통을 살지, 코닥필름을 살지, 후지필름을 살지 잠시 망설인다. 필름 가격이 만만치 않기 때문이다. 있는 필름을 가지고 몇 장이 남았는지 확인하면서 한 장씩 정성 들여 사진을 찍는다. 찍을 수 있는 사진 수가 한정돼 있었기 때문이다. 그래서 옛날 사진 앨범에는 위험을 감수하고 찍은 재미있는 스냅샷이 드물다. 사진 대부분은 풍경을 배경으로 사람들이 중간에 모여 카메라를 바라보고 있는 심심한 구도다. 디지털카메라가 나오기 전에는 이랬다.

　요즘은 어떤가. 스마트폰이라는 편리한 카메라와 무한대

에 가까운 저장 공간으로 무장한 우리는 마치 사진을 찍기 위해 태어난 사람들처럼 끊임없이 사진을 찍어댄다. 아이들의 일거수일투족을 찍고 멋진 풍경을 만나면 풍경을 찍고 그 안에 사람을 넣어서 또 찍는다. 음식을 먹기 전에 찍고 다 먹은 후에도 찍는다. 콘서트에 가면 스마트폰을 들고 동영상을 찍지 않는 사람을 보기 힘들다. 휴가를 마치고 집에 오면 스마트폰 속의 사진은 수백 장이 늘어나 있다.

그런데 웬만해서는 이 사진들을 다시 들여다보지 않는다. 페이스북이나 인스타그램에 올릴 때 한 번 정도 다시 볼까 말까. 물론 이때도 맥락이나 사연보다는 무조건 풍경이 멋지고 음식이 맛있어 보이며 인물이 잘 나온 사진 위주로 고른다.

사진은 추억하기 위해 찍는데, 사진을 찍는 전체적인 행위 안에서 정작 추억을 배가하기 위해 우리가 하는 일은 없다. 아무 생각 없이 찍고, 잘 나온 사진은 공유하며, 나머지는 저장 장치 또는 클라우드 안에 저장해두고 잘 보지 않는다. 언제든지 사진을 찾아볼 수는 있지만 우리는 과거의 사진을 보기보다는 새로운 사진을 찍기 위해 혈안이 돼 있다.

우리가 사진을 찍을 때의 마음가짐은 크게 두 가지다. 하나는 이 즐겁고 행복한 순간을 기억하겠다는 다짐이고 다른 하나는 소셜 미디어에 공유하겠다는 의지다. 후자는 잘난 척을 위한 얄팍한 심리라고 비판을 받곤 하지만 인간의 본성이라 어쩔 수 없다. 사실 전자야말로 우리가 사진을 찍는 가장 큰 이유다. 그런데 과연 사진을 찍는 것이 즐겁고 행복한 순간을 기억하고 소유하는 가장 좋은 방법일까?

미술 평론의 창시자나 다름없는 존 러스킨은 아름다움을 소유하는 유일한 방법은 그 아름다움을 느끼고 이해하고, 아름다움의 이유가 되는 요인들(심리적·시각적)을 자발적으로 의식하는 것이라고 했다. 러스킨은 이를 위한 가장 좋은 방법이 아름다움을 글로 쓰거나 그림으로 묘사하는 것이라고 했다. 물론 모두가 그림을 그리고 글을 쓸 수는 없을 것이다. 그렇다면 사진을 찍는 대신 마음속에 기억을 남겨보는 건 어떨까.

시간 관리 전문가 로라 밴더캠은 추억을 더 생생하게 오래 간직하려면 풍경이나 상황을 자세히 기억하려는 노력을 해보라고 한다. 마치 누군가에게 상황을 설명하거나 풍경을 묘사하듯이 마음속으로 이야기를 해보는 셈이다. 그러니까 카메라로 사진을 찍지 말고 마음으로 사진을 찍어보라는 얘기다. 이렇게 기억을 더듬는 것은 그 경험을 다시 체험하는 것이 되고 행복감은 더 오래 더 깊이 남는다.

이는 '모든 건 지나고 나면 추억이 된다'라는 얘기와도 일맥상통한다. 1997년 워싱턴대 연구에 따르면 장거리 자전거 여행을 하는 사람들은 여행 도중에는 힘들다고 얘기하지만, 여행이 끝난 후에는 힘들다는 의사표시를 덜하는 것으로 나타났다. 힘든 일도 나중에 돌이켜보면 좋은 추억으로 남는다. 같은 맥락에서, 우리의 뇌는 좋은 일을 돌이켜 볼 때 더 좋게 느낀다는 얘기다.

휴가 때 사진을 찍지 않고 보낼 수 있을까. 맛있는 음식을 먹을 땐 눈을 감고 음식만을 음미해보자. 바닷가나 산 위에서 보는 멋진 풍경은 언제든 다시 꺼내서 볼 수 있게 마음속에 저장해보자. 아이의 귀여운 모습도.

힘들지도 모르겠다. 그렇다면 전체 사진이 열 장 또는 스무 장을 넘기지 않는다는 목표를 잡아보는 것도 좋을 것 같다. 사진을 찍는 데 들이는 에너지를 온전히 휴가를 기억하는데 쏟아보자. 과거의 추억을 돌이켜 보는 데 필요한 건 기억이지 찍어놓고 잘 보지도 않는 사진은 아닐 것이다.

# 5초 숙성 위스키…
# 이제 기다림의 미학은 없다?

위스키는 다른 양주에 비해 비싼 편이다. 왜 그럴까? 오크 통에서 여러 해 동안 숙성하기 때문이다. 오래 숙성할수록 깊고 부드러운 향이 더 잘 살아나 값도 비싸진다. 그래서 고급 위스키의 핵심 재료를 '기다림'이라고 하기도 한다.

원래 위스키는 투명한데 오크 통 안에서 오랜 시간 자연스럽게 화학적인 변화를 거치며 색깔이 변한다. 버번으로 유명한 미국 켄터키주에서는 뜨거운 날씨 때문에 그 기간이 4~8년 정도 걸리고 스카치위스키의 본산인 영국의 스코틀랜드에서는 날씨가 상대적으로 시원해 적어도 12년은 오크 통에 있어야 부드러우면서도 깊은 향이 살아난다.

이렇듯 숙성이 중요한 공정이다 보니 이와 관련된 얘깃거리도 많다. 위스키를 오랜 기간 숙성하다 보면 살짝 증발이 돼서 소량이 사라지는데 이를 '천사들의 몫Angel's share'이라고 하는 게 한 예다. 그런데 과학의 발달 덕분인지, 아니면 인간의 인내심이 사라졌기 때문인지 위스키의 숙성을 몇 달, 몇 분, 심지어 몇 초 단위로 줄여버린 위스키업체들이 나타나고 있다. 그냥 나타나기만 한 게 아니라 위스키 대회에서 상을 받을 정도로 상당한 맛과 향을 자랑한다. 이 업체들은 음파나 컴퓨터로 통제된 압력과 열 등 다양한 기술을 사용해 위스키를 빠르게 숙성시킨다. 위스키와 오크 통과의 접촉을 늘리기 위해 작은 오크 통을 사용하기도 한다. 이른바 고속 숙성Rapid-aged 위스키다.

대표적인 기업이 미국의 클리블랜드 위스키. 이 업체는 위스키를 6개월만 숙성한다. 이 과정에 금속 탱크를 이용한다. 현대적인 숙성 방식 덕에 블랙체리 향이나 다른 나무 향도 맡을 수 있다고 한다. 보통 위스키 같으면 오크 향이 너무 강해서 느끼지 못했을 것이다. 이 위스키는 캘리포니아에서 열린 '아메리칸 위스키'의 호밀 위스키 경쟁 부문에서 금메달까지 수상했다.

로스앤젤레스에 있는 로스트 스피릿이라는 회사에서는 엿새 숙성한 위스키를 판다. 고강도의 빛과 열을 쬐서 몇 년 동안 일어날 화학작용을 빨리 일어나게 했다. 이 위스키는 위스키 가이드인 「2018년 위스키 바이블」에서 4,600여 개의 위스키 중 상위 5% 안에 들었다.

6개월이나 6일은 양반이다. 블루리본 맥주로 유명한 브랜드 파브스트는 5초만 숙성을 한다. 단 5초! 이마저도 사실은 오크 통에 전혀 넣지 않으려다가 버번 위스키 제조 규정 때문에 어쩔 수 없이 넣는단다. 규정에 따르면 버번 위스키는 오크 통에 숙성해야 한다고 돼 있지만 얼마 동안 해야 하는지 시간은 적시하지 않았다. 그래서 파브스트는 5초 동안 위스키를 흘려보내는 식으로 규정을 지켰다. 그래서 그런지 위스키 색이 투명하다. 업체 측은 "5초가 세일즈 포인트가 됐다"라며 "숙성 위스키업계가 우월 콤플렉스를 버려야 한다"라고 밝혔다.

이쯤 되면 '듣보잡' 업체나 신생업체만 고속 숙성 위스키를 만든다고 할지도 모르겠다. 그건 아니다. 영국의 유명 위스키 맥켈란을 만드는 에드링턴 그룹은 40분 동안 숙성한 '렐레티비티Reletiviy'라는 이름의 위스키를 만든다. 숙성 시간은 단 40분이지만 과학을 이용해 18년 동안 숙성한 듯한 부드러운 맛이 난다고 홍보한다.

당연하지만 기존 위스키업체나 협회들이 가만히 있을 리 없다. 전통을 중시하는 위스키 마니아들도 마찬가지다. 위스키 숙성에 지름길은 있을 수 없다며 고속 숙성을 하는 업체들의 방식이 속임수라고 주장하기도 한다. 단순하게 말하면 인간은 절대로 시간을 이길 수 없다는 얘기다. 고속 숙성 위스키가 대중화가 되고 업체들이 가격을 낮추기 시작하면 위스키업계가 전체적으로 타격을 받을 수 있다는 예상도 가능하다.

고속 숙성 위스키의 정착은 전통을 중시하는 유럽에서는 쉽지 않을 수도 있겠다. 유럽에서는 위스키로 불리려면 적어도 3년 동안 나무통에서 숙성 기간을 거쳐야 한다는 법이 있기 때문이다. 그래서 위에서 언급한 클리블랜드 위스키 등의 업체는 유럽에서는 판매하지 못한다.

이렇게 고속 숙성 위스키가 많이 나오는 이유를 근래 미국에서 위스키가 엄청난 인기를 끌고 있기 때문이라고 주장하기도 한다. 시장의 수요를 따라가기 위한 고육지책이라는 지적이다. 인기 있을 때 팔아야 하는데 숙성된 위스키가 없으니 고속 숙성을 한다는 얘기다.

반면 고속 숙성 위스키업체들은 속임수를 쓰거나 허황한 주장을 하는 게 아니라고 항변한다. 전통에만 매몰돼 단지 숙성 기간이 짧다는 이유로 위스키가 아니라고 할 수는 없다고 말한다. 작은 신생 위스키업체들이 전통 강호들과 경쟁하기 위해서는 다른 방식으로 위스키를 만들어야 하고 그 대표적인 방식이 숙성 기간을 줄이는 것이라는 얘기다. 고속 숙성이 기업의 세계에서 흔히 '혁신'이라고 불리는 것과 같다는 말이다.

아직 맛보질 못해서 고속 숙성 위스키가 진짜로 어떤지는 모르겠지만 마셔본 사람 중에는 괜찮은 평을 내리는 사람들이 적지 않다. 일반 위스키와 겨뤄서 상까지 받는 걸 보면 가짜라고만 말할 수는 없는 듯하다.

고속 숙성 위스키 얘기를 읽으면서 간장과 된장이 떠올랐다. 대표적인 '슬로 푸드'로 우리 음식에 없어서는 안 될 재료들이다. 과거엔 집에서 담가 먹었지만 이젠 대부분 화학 과정을 거쳐 공장에서 만든 걸 사다 먹는다. 물론 아직도 집에서 자연 재료와 과정을 이용해 담가 먹는 사람도 있고 그렇게 만든 걸 파는 장인들도 있다. 하지만 공장에서 만들어진 장들과 비교하면 그 시장은 매우 작다. 위스키도 우리의 전통 장들이 간 길을 그대로 따르게 되는 건 아닐까?

과학과 기술의 발달이 가져다준 편리함과 빠름은 거부하기 힘들다. 그래도 아직 세상에는 시간의 축적이 없이는 만들어지지 않는 것이 많다. 배움이 그렇고 우정이 그렇고 사랑이 그렇다. 대부분의 인간관계는 시간이라는 요소가 없으면 무너져 내리는 모래성이니까. 20년, 30년을 숙성한 위스키도 기다림에서 오는 무게가 만만치 않다. 그런데 우리는 시간을 너무 가볍게만 여기는 건 아닐까. 5초 숙성 위스키까지 나오는 걸 보면서 기다림의 미학이 하나둘씩 사라져 가는 것만 같아 아쉽다.

# 호텔에서 손님들의 스마트폰을
가져간 이유

"누구나 스마트폰을 내려놓고 싶어 하죠. 그저 약간의 용
기가 필요할 뿐입니다."

– 윈드햄 호텔 최고 마케팅 책임자(CMO) 리사 치키오

2018년 말 미국의 음료 회사 비타민워터에서 특이한 이벤
트를 발표했다. 스마트폰 없이 1년을 살면 1억여 원의 상금
을 주기로 한 것이다. 우선 도전자로 뽑히는 게 어렵긴 하지
만, 선정된 사람은 비타민워터가 제공하는 1996년 출시된
일반 구형 휴대전화를 1년 동안 사용해야 한다. 스마트폰

없이 6개월을 살면 1만 달러, 1년을 살면 10만 달러를 상금으로 준다. 회사는 스마트폰 중독의 심각성을 알리기 위해 이 이벤트를 계획했다고 밝혔다. 스마트폰을 쓰지 않는 것이 정말 어렵긴 어려운 모양이다.

윈드햄 리조트 호텔에서도 비슷한 걸 시작했다. 스마트폰을 반납하면 각종 혜택을 준다. 미국의 윈드햄 호텔이 자체적으로 조사한 결과 손님은 평균적으로 호텔에 세 개의 기기를 가지고 오며 12분마다 화면을 체크하는 것으로 나타났다. 하루에 자그마치 약 80번이다. 호텔 측은 손님들이 수영장 옆 또는 해변에 눕거나 앉아서 스마트폰만 들여다보자 이 이벤트를 생각해냈다.

2018년 10월 1일부터 미국 내 다섯 곳의 윈드햄 리조트 호텔에서 손님에게 잠기는 파우치를 제공하기 시작했다. 이 파우치에 스마트폰을 넣는 손님에게는 수영장에서 좋은 자리를 우선 배정하고 공짜 스낵을 제공하며 공짜 숙박권을 받을 기회를 주기 시작했다. 이 파우치는 손님들이 보관할 수 있지만 호텔 직원들만 열 수 있다. 서비스 출시 후 약 두 달 동안 이 서비스를 이용한 손님은 250명이다.

이와는 별도로 스마트폰을 반납하는 가족 손님에겐 5%

할인을 해줬다. 스마트폰 없이 어떻게 시간을 보내야 할지 모르는 부모와 아이들을 위해 호텔 측에선 스모어(S'more: 통밀 크래커 사이에 초콜릿과 마시멜로 등을 넣고 모닥불에 구워 먹는 간식)와 일회용 카메라, 책 등을 제공한다.

멕시코의 그랜드 벨라스 리비에라 나야리트 리조트에서는 호텔 방에 전자 기기를 없애고 대신 젠가나 체스와 같은 게임을 놓아둔다. 같은 체인인 그랜드 벨라스 리비에라 마야 리조트에서는 스마트폰을 맡기면 리조트 내 각종 액티비티를 공짜로 즐길 수 있는 팔찌를 준다. 적어도 네 가지 액티비티에 참여해야 스마트폰을 돌려받을 수 있다. 호텔 로비에는 가족들이 스마트폰 없이 얼마의 시간을 보냈는지 알려주는 타이머가 설치돼 있다.

하얏트가 운영하는 애리조나주의 미라발 리조트는 많은 공공장소에서 스마트폰 이용을 금지했다. 호텔 직원들은 'Be present(지금, 여기에 집중하라는 뜻)'라고 쓰인 이름표를 달고 다닌다. 물론 이런 반강제적인 스마트폰 금지 조치에 불만을 느끼는 손님들도 있다. 인도네시아 발리의 아야나 리조트 앤드 스파에서는 스마트폰 금지 시간을 정했다. 수영장에서 오전 아홉 시부터 오후 다섯 시 사이에는 스마트폰 이용이 금지된다.

리조트들은 왜 손님들에게 이런 혜택을 주면서까지 스마트폰 사용을 줄이려고 노력하는 걸까. 손님들이 인스타그램이나 페이스북에 호텔 사진을 공유하면 호텔로서는 공짜로 홍보하는 것이나 다름없는데도 말이다. 그런데 그걸 포기하는 이유가 뭘까. 어차피 돈 내고 숙박하는 손님들이 리조트 시설을 덜 이용하면 호텔로서는 이득을 보는 게 아닐까?

여기엔 간단치 않은 두 가지 사실이 녹아 있다. 우선 손님들이 리조트를 즐기는 것이 이득이라는 판단이다. 손님이 며칠 묵다가 갔는데 리조트에 대해 기억나는 건 하나도 없고 스마트폰에만 정신이 팔려 있었다면 앞으로 장사하기 힘들다. 휴가차 쉬러 왔는데 이메일 확인하고 인터넷만 하다 간다면 리조트는 재충전은커녕 피곤함을 유발하는 곳으로 기억에 남을 수도 있기 때문이다. 어찌 보면 이젠 리조트가 스마트폰과 경쟁을 하는 시대가 된 셈이다.

둘째는 리조트들이 일종의 '넛지Nudge 효과'를 꾀했다고 볼 수 있다. 넛지는 원래 '팔꿈치로 슬쩍 찌르다', '주의를 환기하다'라는 뜻이다. 금지와 명령이 아니라 부드러운 권유로 타인의 바른 선택을 돕는 것이 넛지다. 많은 이들이 실은 스마트폰을 내려놓고 싶어 하지만 무슨 이유에서인지 매우 힘들어한다는 사실을 리조트들이 간파했다고 볼 수 있다. 부드럽게 스마트폰을 내려놓도록 권하고 고객에겐 해방된 시간을 선사했다.

스마트폰은 단순한 전화기가 아니다. 카메라 겸 음악 플레이어 겸 컴퓨터 겸 (알람) 시계 겸…. 스마트폰의 기능은 끝이 없다. 하지만 짧은 순간조차도 스마트폰 없이 사는 것이 불편하게 느껴진다면 중독이나 다름없다. 스마트폰에서 벗어나고 싶으면서도 벗어나지 못하고 있다면, 스마트폰 내려놓기가 불가능하게 느껴진다면 이런 작은 넛지 효과를 실생활에 적용해 조금이라도 스마트폰에서 벗어난 삶을 살아보는 건 어떨까. 약간의 용기와 아이디어만 있으면 된다.

# 사라지기 전에 보러 가자:
## '마지막 기회' 투어

―――――――――――

―――――――――――

―――――――――――

호주 북동부 해안엔 세계 최대의 산호초가 있다. 면적 20만 7,000㎢, 길이 약 2,000㎞나 되는 산호초의 이름은 그레이트 배리어 리프Great Barrier Reef. 한반도 면적(22만 ㎢)에 버금가는 크기로 유네스코가 지정한 가장 큰 세계자연유산이다.

이 그레이트 배리어 리프의 절반이 2016년 이후 백화현상으로 죽어가고 있다. 기후 변화로 인한 수온 상승 때문에 산호와 공생하던 해조류가 떠났고, 영양분을 공급해주던 해조류가 떠나자 산호는 죽어간다. 여러 가지 색의 해조류가 떠나면서 산호초가 하얀색으로 변하기 때문에 이를 백화현상이라고 부른다. 그레이트 배리어 리프의 30%가 2016년에, 20%가 2017년에 이렇게 죽어갔다. 온갖 바다 생물들이 모여 살던 이곳의 생태계도 완전히 파괴됐다.

결과는 산불이 난 뒤의 숲속과 크게 다르지 않다. 백화현상으로 죽은 산호는 다시 살아나는데 적어도 10년이 걸린다. 2년 연속 타격을 받은 그레이트 배리어 리프는 다시는 예전의 모습을 되찾지 못할 수도 있다. 이곳을 찾는 사람들을 대상으로 설문을 했다. 70%에 가까운 사람들이 '사라지기 전에 보고 싶어서' 여행을 왔다고 답했다.

평창 겨울 올림픽이 열리던 2018년 2월. 전 세계 언론들은 평창 올림픽 성공 개최의 가장 큰 적은 강추위라고 떠들어댔다. 그만큼 추웠다. 그리고 그해 여름에 우리는 다시는 생각하고 싶지도 않은 사상 최고의 더위를 겪었다. 뚜렷한 사계절을 가진 온대기후의 한반도가 겨울에는 한대기후로, 여름에는 열대기후로 바뀌는 걸 우리는 분명히 목격했다.

이렇게 날씨가 급격하게 변하는데, 세상이 온전할 리가 없다. 기후 변화로 인해 사라지고 있는 건 그레이트 배리어 리프만이 아니다. 빙하도 빙산도 사라지고 있다. 그러자 이렇게 인간의 탐욕, 기술의 발전으로 인해 사라지고 있는 자연경관을 보러 가는 '마지막 기회' 투어를 원하는 사람들이 늘고 있다. 기후 변화로 인해 가장 눈에 띄게 사라지는 건 빙하다. 미국 여행사에는 알래스카와 캐나다 로키산맥, 미국의 글레이셔 국립공원Glacier National Park의 빙하 상태에 대한 문의가 끊이지 않는다. 이곳의 빙하가 사라지기 전에 보러 가고 싶은 여행자들이 많다는 얘기다. 글레이셔 국립공원이 처음 문을 연 1910년에 이곳의 빙하는 150개였다. 이제 빙하는 스물여섯 개뿐이 남지 않았다. 남은 빙하도 매년 축소되고 있다. 전 세계 어느 빙하나 마찬가지다. 이 때문일까. 독특한 지형과 빙하로 유명한 아이슬란드는 최근 관광객 수가 100만 명에서 180만 명으로 두 배 가까이 늘었다.

기술의 발전과 도시화로 인해 사라지고 있는 또 한 가지는 '별빛'이다. 밤하늘의 별을 보기 위해서는 구름이 없는 날씨와 맑은 공기도 필수적이지만 한 가지 또 필요한 건 어두움이다. 빛이 많으면 별이 잘 보이지 않는다. 하지만 급속한 도시화로 인해 요즘엔 어디를 가도 밤이 밝다. 이렇게 밤에도 낮처럼 밝은 상태가 계속되는 걸 '빛 공해Light pollution'라고 한다. 1994년 미국 로스엔젤레스에 지진이 나서 대규모 정전 사태가 일어났을 때, 밤하늘의 은하수를 처음 본 로스엔젤레스 시민들이 이상한 게 하늘에 떠 있다며 911에 신고

했다는 전설 같은 얘기도 있다.

수억 년을 여행해 우리의 눈에 들어오는 별빛은 다른 빛에 무척이나 민감해서 대도시에서 빠져나오더라도 아주 멀리 가야 제대로 볼 수 있다. 좁은 땅에 많은 인구가 사는 아시아에서는 밤에도 이미 별 보기가 힘들지만, 밤하늘의 은하수를 보기 위해서는 넓은 신대륙에서도 더 깊은 산속으로 들어가야 하는 세상이 됐다. 미국에서는 데스 밸리Death Valley가 밤하늘의 별을 잘 볼 수 있는 곳으로 유명하다.

멸종 위기에 처한 동물들이 사라지기 전에 실물로 보는 것도 '마지막 기회' 여행에 포함된다. 밀렵꾼들에 의해 많은 수가 희생된 아프리카의 검은 코뿔소가 대표적인 동물이다. 아프리카에 여행을 갈 이유가 한 가지 늘어난 셈이다.

'마지막 기회' 투어는 전 세계 여행업계의 새롭지만 강력한 트렌드다. 물론 환경론자들은 마지막 기회랍시고 여행을 다니는 것 자체가 기후 변화를 부르고 있으며 그 마지막 순간을 더욱 앞당기고 있다고 주장하기도 한다. 그래서 말인데, 사실 이 트렌드를 경험하기 위해 굳이 멀리 갈 필요는 없다. 대한민국 서울이 온대기후였던 시절을 즐긴 것 또한 우리가 누린 마지막 기회가 아니었을까 싶다.

# 친구가 되는 데
# 걸리는 시간

~~~~~~~~

친구가 되기는 쉽지만 우정을 이루기까지는 많은 시간이
걸린다.

- 아리스토텔레스

학교 운동장에서 친구와 지칠 때까지 뛰어놀다 보면 석양이
진다. 지는 해를 뒤로하고 농구공을 튀기며 또는 축구공을
차며 집으로 간다. 친구와 함께 돌아오는 길에 해가 질 때
는 하늘이 핑크색이라는 둥 오렌지색이라는 둥 그런 쓸데없
는 이야기를 했던 것 같다. 가끔은 집 근처 공터에 앉아 가

로등이 들어올 때까지 역시 별로 쓸데없는 얘기를 이어가곤 했다. 어린 시절 가장 행복한 장면을 꼽으라고 한다면, 아마 이런 장면이 아닐까 싶다.

조금 더 크면 친구는 쓸데없는 얘기 대신 조금씩 쓸데 있는 얘기를 하는 상대가 된다. 놀기도 같이 놀지만 같이 공부를 하고 학원에 다니며 정보도 얻는 그런 사이. 그만큼 조금은 덜 사적인 관계가 된다는 뜻일 것이다. 쓸데없는 얘기를 하기엔 너무 나이가 들었고 시간이 부족해졌으니까. 그래서 많은 남자가 얘기한다. 진정한 친구 관계는 고등학교 때가 마지막이라고.

기자로 일하던 시절 평범한 서울의 가정을 찾아가 가족들의 인맥을 조사한 적이 있었다. 학교 친구가 전부인 자녀들의 인맥을 제외하면 남편과 아내 중 더 초라한 인맥의 소유자는 아빠였다. 아내는 학창 시절 친구는 물론 이웃과 학부모 모임의 엄마들, 미장원이나 시장에서 알게 된 사람 등 다양한 인간관계를 맺고 있었지만 남편은 고향 친구, 고등학교 친구, 회사 친구가 전부였다. 그나마 바빠서 거의 못 보고 지낸다고 했다. 아내의 인간관계가 현재 진행형이라면 남편의 친구 관계는 과거지향적인 느낌이 짙었다.

내 처지와 크게 다를 게 없었다. 내 친구들은 다 어딜 간 걸까. 속 깊은 얘기를 할 수 있는 중고등학교 친구들이 있지만 너무 바빠서 1년에 많아야 한두 번 얼굴을 볼 수 있을까 말까다. 사회에 나와서 알게 된 친구들은 친하긴 하지만 고민을 털어놓기는 조금 어렵다. 매일 얼굴을 맞대고 오랜 시간을 함께하는 직장 동료와 선후배들도 굳이 구분하자면 공적인 관계에 더 가깝게 느껴진다.

인간관계와 친구는 매우 중요하다. 수많은 연구가 좋은 인간관계를 맺고 있는 사람일수록 장수한다는 일관된 결과를 내놓고 있다. 친한 친구가 있어야 오래 산다는 얘기다. 이는 굳이 연구가 아니더라도 사실 상식적으로 당연한 얘기일 것이다. 그런데 세상에 외로움을 느끼는 사람은 계속 늘고 있다. 고민을 터놓을 친구를 찾는 데 어려움을 겪는 사람도 많아지고 있다.

사람들은 보통 몇 명의 친구를 가지고 있을까. 여러 연구를 종합하면, 사람 대부분은 대략 다섯 명의 아주 친한 친구Intimate friend 와 열다섯 명의 친한 친구Close friend , 50명의 친구General friend , 150명의 지인Acquaintance 을 가지고 있는 것으로 나타났다. 소셜 미디어가 나오기 전인 1990년대에 옥스퍼드대 진화심리학자 로빈 던바 교수가 진행한 연구 결과와 크게 다르지 않다. 그래서 150을 '던바의 수'라고 한다. 인간이 맺을 수 있는 의미 있는 사회적 관계의 최대치가 150이라는 얘기다.

물론 인간관계는 양보다 질이 중요하다. 그렇다면 친구가 되는 데 걸리는 시간은 얼마일까. 얼마나 오랜 시간을 함께 보내야 친구가 되는 걸까. 2020년 3월 발표된 캔자스대 제프리 홀 교수의 연구에 따르면 지인에서 친구Casual friend가 되려면 50시간의 친교가 필요하고 진정한 친구Friend가 되려면 여기에 40시간이 더 필요한 것으로 나타났다. 친한 친구Close friend가 되려면 모두 200시간을 같이 보내야 한다. 여기서 같이 시간을 보낸다는 의미는 같이 일을 하거나 공부를 하는 것처럼 같은 공간에만 있으면 되는 것이 아니라 서로 대화를 나누는 등 실질적인 사교를 하는 것을 말한다(회사에서 친구를 만들고 싶으면 사무실에서만 같이 시간을 보낼 게 아니라 사무실 밖에서도 만남을 이어가야 한다는 얘기다).

연구 대상은 다른 주에서 캔자스대에 입학한 신입생과 회사에서 인사 발령을 받아 새로운 도시로 이사 간 회사원이었다. 미국인을 대상으로 한 연구 결과라 우리와 문화적인 차이는 있겠지만 200시간이라니 상당히 긴 시간인 것은 분명하다. 새삼스럽게 같이 공을 차고 등하교를 함께하던 어린 시절의 친구들과는 인식하지 못하는 사이에 사실은 엄청난 시간을 함께 보냈다는 사실을 깨닫게 된다.

따지고 보면, 시간이 오래 걸리는 게 인간관계뿐일까. 중요하고 좋은 건 모두 시간이 오래 걸린다. 슬로 푸드라고 불리는 김치나 된장과 같이 몸에 좋은 음식은 발효하는 데 시간이 걸린다. 어떤 분야의 전문가가 되기 위해서는 최소한 1만 시간을 투자해야 한다는 1만 시간의 법칙도 있다.

서울대 공대 교수들이 쓴 책 『축적의 시간』에는 세계 10위의 경제 대국인 한국이 너무 빠르게 성장하는 바람에 산업적으로 중요한 창조적 개념설계 역량이 부족하다고 지적한다. 창조적 개념설계는 오랜 기간 지속해서 시행착오를 '축적'해야 얻어지는 것이기 때문이다. 새로운 문제에 새로운 해법을 제시해보고, 실패하고 또 시도하는 시행착오와 실패 경험이 쌓이지 않으면 중요한 건 결코 쉽게 얻어지지 않는다. 우리는 뭐든지 너무 '빨리빨리' 되기만을 바라고 있는 건 아닐까.

# 느리게 자란 나무가
# 튼튼하게 큰다

만약에 나무가 될 수 있다면 나무들이 빼곡한 숲속 나무가 좋을까, 공원에 홀로 서 있는 나무가 좋을까. 왠지 숲속의 수많은 나무 중 하나가 되면 경쟁이 너무 치열할 것 같다. 다른 나무들과는 적당히 떨어져 있는 공원의 나무가 낫지 않을까. 잘 골라야 한다. 나무는 일단 뿌리를 내리면 움직이지 못하니까.

　도심 공원의 나무는 자유롭다. 주변 나무의 방해 없이 마음껏 햇볕을 쬐고 광합성을 해서 몸을 당분으로 채우고 흥청망청 자랄 수 있다. 공원에서 관리도 해준다. 어릴 때는 물도 준다. 하지만 조금 크면 어림도 없다. 물값을 감당할 수 없기 때문이다. 풍족하게 살다가 어느 날 갑자기 물이 부족해지는 셈이다. 이 나무들은 무엇보다도 외롭다. 일생을 혼자서 외롭고 쓸쓸하게 살아가야 한다. 공원에 다른 나무들이 있지만 함께 모여 숲을 이루지는 못한다. 엄하게 교육하는 엄마 나무도 없다. 있는 건 그저 고독뿐이다.

숲속의 나무는 엄마 나무 옆에서 엄격한 교육을 받으며 자란다. 교육의 목표는 절제와 느림이다. 엄마 나무는 다른 어른 나무들과 힘을 합쳐 숲 전체에 두꺼운 지붕을 씌운다. 그러면 숲의 밑바닥에 있는 어린나무들에 도달하는 햇빛의 비율은 3%밖에 되지 않는다. 겨우 죽지 않고 목숨만 부지할 정도의 광합성밖에는 할 수 없는 수준이다. 키가 크는 건 둘째치고 건강을 유지하기에도 벅차다.

나무는 자식이 빨리 자라 독립하기를 원하지 않는 걸까. 대체 왜 이러는 걸까. 그건 바로 어릴 때 느리게 자라야 오래 살 수 있기 때문이다. 천천히 자라면 나무가 단단해진다. 세포가 매우 작으며 공기 함량이 아주 적어진다. 아무리 강한 폭풍우가 몰아쳐도 끄떡없는 나무가 될 수 있다. 나무 안으로 균류가 침입할 틈도 생기지 않는다. 숲속의 나무는 절제와 느림이라는 교육 철학을 통해 수백 년을 살 수 있는 기반을 다지는 것이다.

공원에서 고독을 벗 삼아 혼자 크는 나무는 다르다. 옆에서 절제를 가르쳐주는 엄마가 없어 어렸을 때부터 제멋대로 빨리 자란다. 그래서 공원에서 사는 나무는 대부분 숲속 나무에 비해 일찍 죽는다. 세포는 크고 공기가 많이 들어 있어 무르고 균류가 침입하기 쉽기 때문이다.

독일의 산림 전문가 페터 볼레벤이 쓴 『나무 수업』은 이런 매혹적인 나무 이야기로 가득하다. 책을 읽다 보면 나무들이 숲이라는 이름으로 만들어내는 공동체의 모습이 그렇게 멋질 수가 없다.

숲속의 나무들은 서로 경쟁을 하는 것이 아니라 영양분을 나눈다. 뒤처지는 나무가 없도록 사회적인 안전망을 만들어 놓는다. 함께하면 유리하다는 사실을 알기 때문이다. 나무가 한 그루만 있으면 비와 바람에 꼼짝없이 휘둘릴 수밖에 없다. 하지만 힘을 합하면 더위와 추위를 막고 물을 저장할 수 있으며 습기를 유지할 수 있다. 나무들이 이기적으로 각자 자기 생각만 하면 오래 살 수 있는 나무는 얼마 되지 않는다. 당장 옆자리 이웃 나무가 죽어나갈 것이고 숲에는 구멍이 뻥뻥 뚫릴 것이며 그 구멍을 통해 폭풍이 숲으로 밀고

들어와 나무들을 쓰러뜨릴 것이다. 이를 막기 위해서 나무들은 무슨 일이 있어도 공동체를 유지해야 한다.

우리 인간도 한때 그랬던 적이 있었다. 옛날에는 대가족 안에서, 마을에서, 공동체에서 아이를 키웠다. 그리고 모두가 그 안에서 서로 사는 방식을 보고 배웠다. 세 살배기가 코 질질 흘리며 길을 잃고 마을을 돌아다녀도 어떤 집 아이인지 다 알기에 집으로 돌려보내줬다. 옆집 아이가 나쁜 짓을 하면 좋게 타이르기도 하고 내 아이처럼 혼내기도 했다. 아이들뿐 아니라 노인들도 함께 모셨다. 치매에 걸린 노인도 아이들 키우듯 공동으로 돌봤다.

하지만 세상이 변했다. 이제 아이들은 학원을 가거나 집에서 혼자 스마트폰을 들여다본다. 부모들은 일하느라 다들 너무 바쁘다. 노인들은 의료 또는 복지 시설에서 지낸다. 공동체가 무너져 내렸다.

공동체 붕괴의 결과는 도심의 공원에서 홀로 자라는 외로운 나무로 귀결된다. 뉴욕 타임스의 칼럼니스트 데이비드 브룩스는 지난 수십 년 동안 인간관계의 질이 꾸준히 내리막길을 걷고 있다고 지적했다. 사회적 자본과 신뢰, 공동체 의식이 자취를 감추었다. 이로 인해 인간은 외로워졌다.

미국인은 1980년엔 20%만이 자주 외로움을 느꼈는데 이제는 40%가 그렇다고 한다. 1960년 이후 우울증은 열 배로 늘어났고 직장 동료와의 관계는 지난 30년 동안 악화했다. 우리만 그런 게 아니라 반가워해야 할 것 같은 느낌마저 든다.

비벡 머시 전 미국 공중위생국장(미국 의료계의 수장)은 『하버드 비즈니스 리뷰』(하버드 비즈니스 리뷰 코리아 2018년 1-2월 호)에 쓴 「일터에서 인간관계 맺기」에서 의사로서 환자를 봐오면서 마주친 가장 흔한 병은 심장병도 당뇨병도 아닌 외로움이었다고 했다. 환자들은 외로워서, 또는 외로움으로 인해 건강이 나빠져서 그를 찾아왔다. 사회적 유대관계가 약한 사람은 하루에 담배 열다섯 개비를 피우는 것과 비슷하다고 한다. 지난 수천 년 동안 사회적 유대감은 우리에게 각인됐고 인간은 사회적 동물로 진화했다. 그런데 우리를 보호해주는 유대감이 사라지면 우리 몸은 스트레스 상태가 된다. 고독감이 스트레스를 유발하는 이유다.

처음 질문으로 돌아가서, 만약에 나무가 된다면 어떤 나무가 되고 싶은가? 나는 공원에서 보살핌을 받으며 혼자서 외로움을 느끼는 천방지축 나무가 아니라 숲속에서 건강하게 오래 살 수 있도록 엄하게 크는 나무가 되고 싶어졌다. 꼭 오래 살 수 있어서가 아니라 그 나무들이 느끼는 충만한 사회적인 연결 관계가 부러워서다. 흔히 나무를 보지 말고 숲을 보라고 말한다. 이제는 나무가 '되지' 말고 숲이 '되자'라고 해야 할 것 같다.

# 2
# 생각하는 사피엔스를 위한:
# 조금 더 깊이 들여다보기 가이드

우리는 많은 이름을 가지고 산다.
직업인이면서 한 가정의 엄마이자 아내이고 아빠이자
남편이며 생활인이다.
이 중에서 무엇이 주가 되어야 할까?
이에 대한 답을 갖고 사는 것이
진정한 워라밸의 시작이다.

# 나를 속이면
# 습관을 바꿀 수 있다

~~~~~~~~

미국 시골의 수영장에서 수상안전요원으로 일하기 시작한 지는 1년이 채 되지 않았다. 일을 하며 맞이한 첫 번째 1월의 처음 며칠은 사람이 정말 많이 왔다. 오래 일한 동료 직원들은 원래 1월이 1년 중 가장 바쁜 달이라고 했다. 당연하지 싶었다. 다이어트와 건강을 위한 운동은 새해 결심의 가장 인기 있는 레퍼토리니까. 그래서 적어도 한 달 동안은 무척 바쁠 줄 알았다. 그런데 열흘이 지나면서부터 손님이 줄어드는 게 보인다.

역시나 '작심삼일'은 만국 공통인가 하는 생각이 들었다. 그만큼 행동을 바꾸는 건 어려운 일이다. 하지만 뭔가 방법이 있지 않을까. 그저 의지력이 강한 사람만이 좋은 습관을 지닐 수 있는 걸까. 아무리 세상이 불공평하다고는 하지만 의지력이 약하면 시작도 못 해보는 걸까.

스탠퍼드대의 행동디자인 연구소장 BJ 포그의 책『작은 습관: 모든 것을 바꾸는 작은 변화Tiny Habits: The Small Changes that Change Everything』(국내 미발간)에서는 행동을 바꾸고 새로운 습관을 들이는 데에도 성공 공식이 있다고 말한다. 행동을 바꾸거나 새로운 습관을 들이기 위해서는 다음의 네 가지가 필요하다.

첫째는 동기다. 행동을 바꾸기 위해서는 해야 하는 일보다는 하고 싶은 일을 골라야 한다(당연한 거 아닐까?). 둘째는 쉽게 할 수 있도록 해야 한다. 단순하고 작은 변화부터 시작하라는 얘기다. 셋째는 프롬프트. 프롬프트란 (행동을 바꾸도록) 고무하고 자극하는 걸 말한다. 배우나 강연자가 대사나 할 말을 잊었을 때 일러주는 게 바로 프롬프트다. 넷째는 새로운 행동을 했을 때 자신을 격려하는 걸 잊지 않는 것이다. 이는 지난 10년 동안 포그 박사가 4만여 명을 대상으로 시험을 해본 결과 나온 공식이다.

포그 박사가 든 예를 한번 살펴보자. 한 IT 전문가는 스물여섯 살 때부터 배가 나와서 고민이 많았다. 살을 빼려고 무진 애를 썼지만, 항상 체중 감량에 실패하곤 했다. 그래서 마흔세 살 때 다른 방식을 시도하기로 했다. 이를 닦을 때마다 팔굽혀펴기를 2회, 플랭크를 5초 동안 하는 것이었다(여기선 이 닦는 행동이 프롬프트라고 보면 된다). 2회와 5초… 정말 별것 아닌 운동인 셈이다. 별것 아니지만 그는 정한 대로 할 때마다 자신을 격려했다. 습관이 되자 운동이 즐거워졌다. 8년이 지난 지금 51세의 그는 하루에 50번의 팔굽혀펴기를 하고 5분 동안 플랭크를 한다. 배는 쏙 들어갔다.

한 워킹맘은 바빠서 꼭 해야 할 일을 못 하곤 했다. 그래서 그날 반드시 해야 할 일 한 가지를 포스트잇에 써서 자동차 계기반에 붙여놓기 시작했다. 처음에는 그냥 그 포스트잇을 보기만 해도 성공으로 쳐줬다. 시간이 지나자 그 일을 반드시 하게 됐고 이를 계기로 다른 일도 할 수 있게 됐다.

네 가지 요소를 조금 더 자세히 들여다보자.

### ① 하고 싶은 일을 골라라

해야 할 일보다는 하고 싶은 일을 고르라는 건 어찌 보면 당연한 것 같지만 이 구분이 꼭 쉽지만은 않다. 내가 회사에 다닐 때 박사과정에 등록해 공부한 적이 있다. 모두가 박수를 쳐줬다. 그런데 사실은 내가 원했던 게 아니라 꼭 해야 할 것 같아서 약간은 억지로 한 것이었다. 주변의 권유도 있었다. 하지만 결국 1년을 넘기지 못하고 때려치웠다. 대학원 박사과정을 접해본 뒤 느낀 건, 공부를 하는 건 중요하지만 학자가 되거나 교수가 되고 싶은 게 아니라면 꼭 대학에 적을 두고 공부를 할 필요는 없다는 점이다. 특히 요즘에는 관심만 있으면 인터넷으로 얼마든지 혼자서 공부할 수도 있다. 쉽게 말해 스펙 때문에 어쩔 수 없이 하는 공부는 오래 가지 못한다는 얘기다.

### ② 작고 단순하게 시작하라

살면서 수많은 다이어트 비법에 관한 얘기를 들어봤지만 가장 마음에 와닿았던 방법은 매끼 밥을 한 숟가락씩 덜 먹으라는 말이었다. 겨우 밥 한 숟가락이라고? 하지만 1년이면 (하루에 두 그릇씩 밥을 먹는다고 가정할 때) 730숟가락이다. 밥 한 그릇이 열다섯 숟가락으로 이뤄졌다고 가정하면 1년에 마흔여덟 그릇을 덜 먹는 셈이다. 변화는 작고 단순해야 지속할 수 있다. 사실 한 끼에 한 숟가락이면 잘 느껴지지도 않는 수준이다. 그리고 한 숟가락이 두 숟가락이 되고 두 숟가락이 세 숟가락이 될 수 있다.

### ③ 프롬프트를 디자인하라

프롬프트가 어찌 보면 네 가지 요소 중 가장 어려울 수 있겠다. 일상 속에서 프롬프트를 디자인해야 하기 때문이다. 마치 빗방울이 떨어지면 우산을 펴는 것처럼 자동반사적인 프롬프트를 만들어야 한다. 가장 좋은 프롬프트는 일상 루틴과 관련된 프롬프트다. 예를 들면 변기의 물을 내릴 때마다, 자동차에 타서 안전띠를 맬 때마다, 노트북 컴퓨터를 열 때마다, 또는 커피를 마실 때마다 뭔가를 하는 것이다. 그 뭔가가 꼭 대단한 일일 필요는 없다는 점을 다시 한번 강조한다.

### ④ 자신을 격려하라

자신을 격려하는 건 어찌 보면 쑥스러운 일일 수도 있다. 하지만 행동의 변화를 뇌에 주입한다는 차원에서 꼭 필요한 요소다. 습관이 그렇게 쉽게 생길 수 있을까? 포그 박사에 따르면 자신을 격려하는 실험에 참가한 5,200명 중 절반 이상이 닷새 안에 습관을 만드는 데 성공했다고 한다. 일단 몇 번 해보면 습관으로 만드는 건 그렇게 어려운 일은 아니라는 얘기다.

요지는 이렇다. 행동을 바꾸고 새로운 습관을 들이기 위해서는 자신을 속여야 한다. 일상의 루틴 속에서 별것 아닌 것부터 시작하면 거창한 새해 결심과는 거리가 먼 하찮은 일로 여길 수 있어 부담이 없다. 하지만 이런 하찮은 일이 쌓여서 행동이 바뀌고 습관이 형성된다는 점을 잊지 말자. 자신을 속이지 않으면 강력한 의지력에 기댈 수밖에 없는데, 그런 의지력을 가진 사람은 그리 많지 않다.

게다가 작고 하찮은 일은 실패하더라도 다시 시작하기가 쉽다. 계획을 세울 때마다 작심삼일이 되어 괴로워하고 있다면 작고 쉬운 일로 다시 한번 시작해보는 것도 나쁘지 않을 것이다.

# 힘이 되는 루틴,
# 짐이 되는 루틴

수상안전요원으로서의 주요 업무는 물에 빠진 사람을 구하는 일이지만 그보다 더 중요한 일은 물에 빠지는 사람이 생기지 않도록 예방하는 것이다. 그러기 위해서는 끊임없이 수영장을 구석구석 눈으로 훑어봐야 한다. 그러다 보면 덤으로 하게 되는 일이 있다. 바로 사람들을 관찰하는 일이다. 세상에 사람 관찰만큼 지루한 일이 또 없을 것 같지만 사실은 의외로 재미있는 면도 있다. 사람은 루틴Routine의 동물이기 때문이다.

정확히 아침 일곱 시 반이면 부부로 보이는 노인 한 쌍이 약간의 시차를 두고 나타난다. 할아버지는 지팡이를 짚는다. 할머니는 우아한 개헤엄으로, 할아버지는 허리 높이의 물속에서 걸어 다니며 운동을 한다. 할아버지는 나와 눈이 마주치면 "굿 모닝"이라고 말한다. 그렇게 딱 40분을 있다가 간다. 어떤 아저씨는 약 한 시간 동안 수영을 한 후 따뜻한 자쿠지에 앉아 있다가 수영장의 가장 깊은 곳으로 뛰어들어 25m를 수영해 간 뒤 바로 퇴장한다. 스쿠버 다이버로 보이는 한 할아버지는 입수하자마자 오리발을 끼고 큰 물안경을 쓴 뒤 숨을 한 번도 쉬지 않고 25m를 수영한다. 그리고는 물안경을 가슴 위에 올려놓고 누워서 25m를 다시 돌아간다. 그 모습이 꼭 수달 같다. 못 돼도 50대는 돼 보이는 한 아저씨는 정력적으로 한 시간 반을 거의 쉬지 않고 빠른 템포로 수영을 한다. 배영을 주로 하는 한 아저씨는 물을 한 4분의 1쯤 담은 플라스틱 컵을 이마 위에 올려놓고 수영을 한다(자세 교정의 일환이겠지 싶다).

언제나 똑같다. 일할 때마다 항상 보는 모습이다. 처음 며칠 동안은 같은 일상이 무한 반복되는 영화(예를 들면 『사랑의 블랙홀』이나 『해피 데스 데이』) 속에 내가 들어와 있는 줄 알았다. 아니면 사실은 내가 영화 『매트릭스』에서처럼 매트릭스 속에서 살고 있는데 에이전트들이 침입하려는 순간인가

하는 상상에 빠지기도 했다. 분명히 이틀 전에 본 일이 내 눈앞에서 똑같이 일어나고 있기 때문이다. 그 정도로 하나의 오차도 없이 매일 반복되는 그들만의 루틴을 나는 본다.

수영장을 찾아 운동하는 루틴이나 기업이 직원들을 위해 만든 최적화된 업무 루틴은 대부분 좋은 루틴이다. 하지만 모든 루틴이 다 좋은 건 아니다. 나쁜 루틴도 있다. 예를 들면 수영장에서는 껌을 씹는 게 금지돼 있다. 그런데 몇몇 할아버지 할머니들은 껌을 뱉는 게 너무도 어렵다. 오랜 버릇으로 굳어져버렸기 때문이리라.

실제로 루틴은 양날의 칼이다. 좋은 루틴은 의사를 결정하는 시간을 아껴주며 예측 가능하고 정돈된 일상을 선사한다. 예를 들어 오늘은 운동을 할까 말까 고민하지 않고 자동으로 헬스장에 향하는 루틴은 좋은 루틴이다. 하지만 나쁜 루틴은 일단 굳어지면 그 악순환의 고리에서 헤어나오기 힘들다. 스마트폰을 보다가 늦게 잠이 들고 스누즈 버튼을 세 번 이상 눌러야 일어나며 늦을 것 같아 아침을 건너뛰지만 실제로 지각까지 하는 루틴은 정말이지 악몽과도 같다.

그리고 모호한 경계에 놓인 루틴도 있다. 운동 후에 자주 마시게 되는 달콤한 커피 음료가 한 예다. 열심히 운동한 자신에게 주는 일종의 포상일 수도 있지만, 운동한 의미를 지워버리는 쓸데없는 루틴이기도 하다.

　좋은 루틴과 나쁜 루틴을 구별하는 법은 없을까.

　가장 중요한 질문은 '왜'다. 내가 이 루틴을 하는 이유를 묻는 것이다. 우리의 삶은 변하지만, 루틴은 그대로 있는 경우가 많다. 하지만 삶이 변하는 대로 루틴도 삶과 함께 변해야 한다. 만약 왜라는 질문에 대한 답이 '그냥 그렇게 해왔기 때문'이라면 이는 이 루틴이 쓸모가 없어졌다는 의미다. 나는 기자를 그만두고 미국으로 온 뒤 한동안 한국 신문이 보고 싶어서 힘들었다. 인터넷 뉴스라도 열심히 읽었다. 이젠 힘든 정도까지는 아니지만 한국의 뉴스를 그렇게 열심히 챙겨 볼 이유가 없는데도 여전히 한국 뉴스에 눈이 간다. 어렸을 때부터 신문을 읽었고, 직업으로 10년 넘게 읽어온 루틴이 그만큼 강력하다는 얘기다.

　하던 대로 못 하게 되면 매우 불편해지는 루틴도 나쁜 루틴일 가능성이 크다. 아주 사소해 보이지만 방해하면 하루의 리듬이 깨져버리는 그런 루틴 말이다. 이런 경우는 루틴으로 인해 얻게 되는 결과보다 루틴 자체에 매몰돼 있는 경우가 많다. 예전에 출근 버스를 종점 근처에서 탔다. 집에서 조금만 일찍 나오면 앉을 자리가 남아 있었다. 나는 맨 뒷줄 왼쪽 자리를 가장 선호했다. 그렇게 그 자리에 앉는 것이 루틴이 됐는데, 가끔 늦게 나와서 그 자리에 앉지 못하면 괜히 기분이 나빠지곤 했다. 별것 아닌데도 하루의 기분을 좌우하는 루틴이 돼버린 셈이었다.

별것 아닌 작은 루틴이 모여 우리를 만든다. 매일 똑같은 루틴을 실천하는 수영장 사람들을 보면서 깨달았다. 루틴이 모여서 우리의 하루를 만들고 결국은 인생을 이룬다는 새삼스러운 진리를. 그래서 건강하고 의미 있는 루틴은 중요하다.

## 질투에 휘둘리지 않고
## 살아가기

아리스토텔레스가 그랬다. '다른 사람의 행운은 고통'이라고. 자그마치 기원전 4세기 일이다. 그로부터 약 1,000년 뒤 부러움 혹은 질투Envy는 공식적으로 죄가 된다. 그레고리 교황이 일곱 가지 죄악 중 하나로 포함하면서다.

부러움 자체가 죄는 아니다. 그러나 질투라는 감정이 예측 불가능한 방향으로 사람을 몰고 가기 때문에 그로 인해 죄를 지을 수 있기 때문에 그랬으리라. 하지만 따지고 보면 옛날에는 비교를 해보고 부러워할 만한 사람이 그다지 많지 않았다. 가까운 친지나 이웃이 전부였다. '사촌이 땅을 사면 배가 아프다'라는 말이 왜 나왔는지 생각해보면 된다. 그러다가 신문이 나왔고 TV가 나왔다. 미디어에는 부러워할 만한 사람이 넘쳐난다.

그리고 소셜 미디어라는 게 생겼다. 요즘 사람들은 '부러움 증폭기(다른 말로 스마트폰)'를 주머니에 넣고 다닌다. 종일 들고 다니며 잘 때는 베개 옆에 두고 잔다. 언제든지 누군가를 부러워할 수 있는 준비 태세를 갖추고 사는 셈이다. 페이스북과 트위터, 인스타그램 등을 통해 자신이 원했지만 이루지 못한 라이프 스타일을 가진 전 세계의 다른 이들을 볼 수 있게 된 사람들의 심리적 불안감은 더 커졌다. 영국 인지행동치료의 권위자인 윈디 드라이덴은 이를 '비교병Comparisonitis'이라고 부른다. 부러움은 이제 죄를 지나 병이 된 셈이다.

사람들은 뭔가 신기한 것을 봤을 때, 잘 안 가는 좋은 곳에 갔을 때, 잘 안 먹는 맛있는 것을 먹을 때, 아이가 특별한 일을 했을 때, 어쩌다 찍은 사진이 생각보다 잘 나왔을 때… 대략 이러한 범주의 일들이 발생했을 때 소셜 미디어에 공유한다. 이들의 공통점은 일상이 아니라는 점이다. 뭔가 잘 일어나지 않는 특별한 일이 생겼을 때라는 얘기다. 그러니까 사람들이 공유하는 건 일상이 아니라 편집된 현실이다.

이를 모르는 사람은 없을 것이다. 문제는 그런데도 부러움이 가진 감정적인 힘을 이길 수 있는 사람이 많지 않다는 사실이다. 소셜 미디어에 올라오는 사진이나 이야기가 예쁘게 포장된 현실이라는 걸 이성적으로는 알지만, 감정적으로는 부러움에 휩쓸리고 만다. 임상심리학자 레이첼 앤드루는 "(소셜 미디어에 올라온) 사진이나 이야기가 자신이 원했지만 가지지 못한 것일 때는 매우 강력한 힘을 발휘한다"라고 말했다.

부러움은 질투에서 그치지 않는다. 소셜 미디어는 이보다 더 파괴적인 문제를 불러왔다. 유명한 사회심리학자인 셰리 터클은 "우리는 남들에게 보이기 위해 온라인에 만들어 놓은, 자신의 가장 좋은 모습만을 보면서 이런 삶을 잃게 될까 두려워한다. 또 다른 사람에게 보여주는 수준의 삶을 실제로는 살지 못할 때, 마치 자기 자신을 다른 사람처럼 느끼고 그를 부러워하게 된다"라고 말했다. 자기 자신을 부러워하는Self-envy 이상한 감정이 생긴다는 설명이다.

그러면 어떻게 해야 부러움을 덜 느낄 수 있을까. 물론 왕도 같은 건 없다. 정신분석치료사 퍼트리샤 폴레드리는 부러움은 타고나는 감정이라기보다는 어린 시절 모성 결핍 등에 의해 자존감이 부족해지면서 생기는 감정이라고 생각한다. 부러움의 가장 큰 적은 이런 낮은 자존감과 결핍을 견디지 못하는 습성이다. 사람들은 자신이 원하는 것을 가지지 못하는 것을 참지 못하며, 이 때문에 소셜 미디어에서 더 쉽게 부러움을 느끼게 된다. 그러니 자신에게 되뇌는 수밖에 없다. 세상에는 내가 원하지만 갖지 못한 걸 가진 사람이 있으며 나는 그것이 없이도 살 수 있다고. 그것이 없다고 해서 남보다 못한 사람이 되는 것은 아니라고.

소셜 미디어 사용 습관을 바꿔볼 수도 있다. 많은 사람이 페이스북을 능동적(글과 사진을 올리고 '좋아요'를 누르며 댓글을 다는 것)이 아닌 수동적(남들의 포스팅을 구경만 하는 것)으로 이용한다. 그저 남들이 올린 글을 읽기만 하는 사람이 많다는 얘기다. 이를 '관음증적인 구경'이라고 부른다. 그런데 소셜 미디어를 능동적으로 이용하는 것보다 수동적으로 이용하는 것이 더 좋지 않다는 연구가 있다.

미시건대의 심리학자 에단 크로스는 연구 참여자들에게 2주 동안 하루 다섯 번의 문자를 보냈다. 참여자들은 문자를 받으면 수동적으로 페이스북을 사용하여 자신의 기분이 어떻게 변하는지를 살폈다. 결과는 놀라웠다. 수동적으로 페이스북을 할수록 부러움은 더 커졌고 기분은 더 나빠졌다. 능동적으로 사용하는 것보다 수동적으로 사용했을 때 부정적인 감정과의 상관관계가 더 강했다. 물론 능동적이건 수동적이건 소셜 미디어를 아예 사용하지 않는 방법도 있기는 하다.

질투와 부러움은 힘이 되고 창조의 원동력이 될 수도 있다. 한국전쟁 직후 세계에서 가장 못살던 나라 중 하나였던 우리가 여기까지 오게 된 데에는 '사촌이 땅을 사면 배가 아프다'라는 정서도 분명 작용했을 것이다. 배고픔이 우리에게 먹을 때가 됐다고 알려주는 것처럼, 부러움은 잘 들여다보면 내가 진정으로 원하는 것이 무엇인지 알려준다. 부러움이 내게 무엇을 말하고 있는지를 잘 들어본 뒤, 성취 가능한 것이라면, 계획을 세우고 단계를 밟아 이루면 된다.

하지만 이보다 더 중요한 게 있다. 스스로에게, 내가 어느 선에서 만족할 것인지를 묻는 것이다. 도대체 어느 정도면 충분한지, 어디서 멈추면 괜찮은지를. 많은 한국인이 그러하듯이 앞만 보고 정신없이 달려왔다면 이 질문을 스스로 한번 던져보는 것도 나쁘지 않을 것이다. 답은 각자의 마음 깊은 곳에 숨어 있으니 잘 살펴보고 들어보기를 권한다.

## 한 번의 잘못을 만회하기 위해선
## 몇 번의 좋은 일이 필요할까?

부정은 긍정보다 힘이 세다. 우리는 칭찬은 대수롭지 않게 여기지만 비판적인 말 한마디에는 충격을 받곤 한다. 아무리 좋은 사람도 나쁜 첫인상을 만회하기는 힘들다. 투자로 번 돈은 기억이 날 듯 말 듯하지만 투자로 잃은 돈은 절대로 잊히지 않는다.

죽은 동물 사진 같은 부정적인 이미지는 바닐라 아이스크림과 같은 긍정적인 이미지보다 뇌의 활동을 더 많이 자극한다. 나쁜 경험은 트라우마를 만들지만 오래 남는 좋은 경험을 일컫는 단어는 존재하지 않는다. 트라우마와 반대로 큰 영향을 주는 좋은 경험은 있지도 않다는 얘기다.

우리는 왜 이렇게 생겨먹은 걸까. 그건 긍정보다 부정을 크게 받아들이는 게 인간의 생존을 위한 본능이었기 때문이다. 초원에서 사냥하고 베리류를 따먹었던 인류의 조상은 항상 위험에 대처해야 했다. 독이 든 과일인지 아닌지를 판단해야 했고 배고픈 사자가 근처에 있는지 없는지 신경을 써야 했다. 그렇게 위험에 잘 대처한 조상들이 살아남았고 그런 유전자를 물려받은 자손들이 우리다.

그래서 부정적인 일을 관리하는 건 매우 중요하다. 화가 난 고객은 사업에 엄청난 악영향을 가져올 수 있다. 마켓 리서치를 하는 사람들 사이에서 화난 고객은 '테러리스트'로 불린다. 그만큼 나쁜 영향을 줄 수 있다. 일할 때도 마찬가지다. 회사 내 역학 관계를 파헤친 연구들에 따르면 팀의 전체 실적은 팀원들의 평균적인 능력에 달려 있지 않다. 팀원 중 가장 실적이 저조한 구성원의 능력에 달려 있다고 한다. 제아무리 일 잘하는 사람을 여럿 붙여도 한 명의 '미꾸라지'가 있으면 팀의 성적이 떨어진다는 얘기다.

그래서 심리학자들은 '네 번의 법칙'을 기억하라고 말한다. 많은 연구 결과는 부정적인 사건 한 번이 긍정적인 일의 세 배에 이르는 영향을 미친다는 사실을 밝혔다. 즉, 한 번의 부정적인 일을 지우고 긍정적인 인상을 주려면 적어도 네 번의 긍정적인 일을 해야 한다.

예를 들면 이렇다. 사업이 앞으로 나아가기 위해서는 한 명의 불만족스러운 고객마다 네 명의 만족한 고객을 만들어야 한다. 월요일에 일을 망쳤다면 화요일부터 금요일까지 나흘은 괜찮은 날이어야 좋은 한 주를 보냈다고 할 수 있다. 하루 지각했다면 다음 날 일찍 나왔다고 만회가 되는 게 아니라 적어도 나흘은 일찍 나오는 모습을 보여줘야 '지각대장'이라는 별명을 면할 수 있다. 한 번의 말실수로 동료의 마음을 아프게 했다면 적어도 네 번의 칭찬을 해줘야 관계를 회복할 수 있다. 남편이나 아내와 한 번 싸웠다면 적어도 네 번 이상은 좋은 일(?)이 있어야 좋은 부부관계를 유지할 수 있다.

물론 때에 따라, 분야에 따라 조금씩 다르겠지만 일반적으로 이렇다는 얘기다.

문제는 부정적인 일이 너무 많이 보인다는 점이다. 뉴스를 보면 내일 당장 세상이 망할 것 같다. 나쁜 뉴스 한 개를 만회할 수 있는 좋은 뉴스 네 개를 찾는 건 거의 불가능해 보인다. 하지만 책 『팩트풀니스』에서 지적하듯이 세상은 많은 이들이 생각하는 것보다 좋아지고 있다.

언론이 자극적인 부분을 부각하다 보니 그렇게 보이지 않을 뿐이다. 어찌 보면 당연한 일이다. 개가 사람을 물면 뉴스가 되지 않지만, 사람이 개를 물면 뉴스가 되기 때문이다. 말라리아가 줄어들고 있다는 뉴스와 강력한 전염병이 돌고 있다는 뉴스 중 후자가 더 부각이 될 수밖에 없기 때문이다. 그게 언론의 역할이기도 하다.

그러니 정치 뉴스가 나오면 채널을 돌리고 관심을 조금 끊는 것도 정신 건강을 위해 좋은 일이 될 것이다. 정치 뉴스 며칠 안 본다고 큰일 나지 않는다. 나라가 어떻게 돌아가는지 아는 게 중요하긴 하지만 내 정신 건강이 더 중요하기 때문이다. 부정을 줄이고 긍정을 늘리는 건 건강한 삶을 사는 지혜다. 한 가지만 빼고는 인류의 모든 면이 좋아지고 있다는 사실을 잊지 말자. 그 한 가지가 바로 희망이다.

# 행복의 적은
# 적응이다

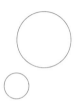

10만 원이 생겼다. 갖고 싶었던 신발이나 옷을 사는 게 나을까, 아니면 좋아하는 가수의 콘서트에 다녀오는 게 나을까? 성향에 따라 조금 다르겠지만, 물건을 사는 게 낫다고 생각하는 사람이 많을 것이다. 경험은 순식간에 지나가고 물건은 남기 때문이다. 그래서 사람들은 대체로 경험에 투자하는 건 물건을 사는 것만 못하다는 생각을 하고 있다.

　하지만 잘못된 생각이다. 경험은 오랫동안 기억에 남는다. 반면 물건은 금방 싫증이 난다. 그래서 코넬대 심리학과 교수인 토마스 길로비치는 행복해지고 싶다면 물건을 사지 말고 경험을 사라고 조언한다. 그는 말한다. "행복의 적은 적응"이라고.

따지고 보면 물건을 가지는 건 끝없는 소유에 대한 집착의 시작일 뿐이다. 어떤 물건이든 시간이 조금만 지나면 그저 당연해진다. 아무리 좋은 물건이라도 그렇다. 고급 손목시계를 사건, 값비싼 소파를 거실에 들여놓건 마찬가지다. 물론 첫 며칠 동안은 끔찍이 아낄 것이다. 하지만 시간이 어느 정도 지나면 시계는 시계일 뿐이고 소파는 소파일 뿐이다. 그리고 또 다른 새 물건을 사고 싶어진다. 더 좋고 비싼 물건을 찾게 된다는 점이 다를 뿐이다.

또 소유는 언제나 비교를 부른다. 내가 애지중지하는 노트북 컴퓨터는 친구가 더 좋은 새 노트북 컴퓨터를 사는 순간 부족해 보이기 시작한다. 거금을 주고 산 내 자전거는 앞집 아저씨의 더 비싼 자전거 앞에선 초라해 보인다. 이른바 '소유의 역설'이다. 산 물건은 적어도 이용하는 동안에는 행복해야 하는데, 그렇지 않기 때문이다.

반면 경험은 우리의 일부로 남는다. 나의 값비싼 스마트폰은 내가 어떤 사람인지를 바꾸지 못하지만 지난 휴가 때 어렵게 끝낸 지리산 종주 경험은 내 안에 남아서 나의 일부가 된다. 우리는 그렇게 직접 겪은 경험의 총합이 된다.

책 『돈의 힘: 돈이 우리에게 미치는 놀라운 영향력』의 저자 클라우디아 해먼드는 고모할머니에게 물려받은 유산을 두 곳에 썼다. 일부는 팩스기를 사는 데 썼고 다른 일부는 남자친구와 아일랜드 더블린에 여행을 다녀오는 데 썼다. 해먼드는 당시에 팩스기를 사기를 정말 잘했다고 생각했다. 하지만 2년도 안 돼 인터넷이 보급됐고 팩스는 필요가 없어졌다. 게다가 팩스를 산 기쁨도 잠시뿐이었다. 사용에 익숙해지자 감흥도 사라졌다. 반면 더블린에서 보낸 주말은 오래전 일인데도 불구하고 기억이 생생하다고 썼다.

경험은 남들과 비교하기도 어렵다. 똑같은 기간 동안 함께 제주도 여행을 가도 사람마다 보고 느끼는 점이 다른 것과 같다. 또 연구에 따르면 경험에 대한 기대는 흥분과 즐거움을 주는 것으로 나타났다. 반면 소유에 대한 기대는 마음을 조급하게 만든다. 경험은 시작 전부터 즐거움을 주며 끝나도 기억에 남는, 특별한 행복감을 주는 활동인 셈이다.

하지만 무엇보다도 경험이 특별한 건 그 자체로 사회적인 활동이기 때문이다. 경험은 대부분 가족이나 친구와 함께하기 때문이다. 만약 물건 소비를 꼭 해야 한다면 가장 좋은 건 물건을 통해 어떤 경험을 할 수 있을 때다. 자동차를 사서 차로 여행을 다니며 여러 경험을 하는 것이 좋은 예다.

사람들이 경험을 꺼리는 이유 중 하나는 경험의 불확실성 때문이다. 물건은 잘못되면 바꾸면 된다. 반면 경험은 환불이나 교환이 안 된다. 하지만 바로 그런 불확실성이 어쩌면 경험의 장점일지도 모른다. 모처럼 나들이를 하러 갔는데 비가 오거나, 여행 중 산속에서 자동차 타이어에 펑크가 나서 고생하기도 한다. 그런데 바로 그런 경험들이 가장 오래 기억에 남아 미소를 짓게 만든다는 사실에 많은 이들이 공감할 것이라고 믿는다.

만약에 뭔가 살 계획이 있다면 그 돈을 작은 경험에 투자해보자. 아직 쓸 만한 블루투스 헤드폰을 바꾸는 것보다 가족이나 친구와 맛집을 찾아 외식하는 건 어떨까. 인터넷 쇼핑을 멈추고 동네 산책길에 멋진 카페에라도 들러보는 건 어떨까.

# 애플의 팀 쿡으로 사는 법 :
## 나만의 방식으로 접근하기

_____

_____

_____

2012년 말이었다. 애플의 고위 경영진이 샌프란시스코의 고급 호텔에 모였다. 애플 워치의 첫 프로토타입을 평가하기 위해서였다. 이 행사는 특별한 의미가 있었다. 스티브 잡스가 암으로 사망한 이후 애플이 내놓는 첫 번째 신제품이었기 때문이다. 하지만 애플의 새 CEO 팀 쿡은 행사장에 보이지 않았다. 애플의 CEO가 새로운 제품을 소개하는 행사에 참석하지 않는 건 전임인 스티브 잡스라면 상상도 할 수 없는 일이었다. 잡스는 제품이 애플의 핵심이라고 생각했다. 쿡은 아니었다.

2011년 잡스가 암으로 사망했을 때 사람들은 이제 애플은 끝났다고 생각했다. 누가 애플의 CEO 자리를 물려받든 상관없이 잡스가 이룬 성과를 이어가는 건 불가능하리라는 예측이 지배적이었다.

하지만 9년이 지난 현재에도 애플은 세계 최고의 기업이다. 애플의 주가는 계속 올라 시가총액이 2조 달러에 이른다. 이는 캐나다나 스페인의 GDP보다도 많은 액수다. 쿡이 잡스로부터 CEO 자리를 넘겨받은 이후 애플의 매출과 이익은 두 배가 넘게 늘었다.

쿡은 제품에 전념하는 잡스와는 결이 다른 경영자다. 혁신적이고 아름다운 제품을 내놓으며 업계를 선도했던 천재, 잡스와 달리 쿡은 애플을 더 조심스럽고 협력적이며 전술적으로 이끌고 있다.

많은 애플 직원은 쿡이 잡스보다 조금 더 편한 회사 분위기를 만들었으며 소프트웨어와 하드웨어, 디자인 부서가 협력할 수 있게 했다고 설명한다. 또 쿡은 투자자를 만나고 주주들에게 신경을 쓰며 애플이 처한 정치적인 어려움을 헤쳐나가는 데 많은 시간을 쓴다. 역시나 잡스 때는 상상할 수도 없었던 일이다.

2013년 쿡은 국내에도 잘 알려진 공격적인 투자자 칼 아이컨을 뉴욕의 집으로 찾아가서 직접 만났다. 식사를 겸한 세 시간에 걸친 미팅에서 아이컨은 애플의 남아도는 현금을 주주들을 위해 써달라고 요청했다. 그해 쿡은 300억 달러를 들여 애플이 자사주를 사들이게 했다. 이후 8년 동안 애플이 자사주 매입에 쓴 돈은 3,600억 달러가 넘는다.

이러한 주주 관리는 애플로서는 이례적인 일이었다. 잡스는 주주나 투자자에게 신경을 쓸 바에는 더 좋은 제품을 만드는 데 투자를 하는 편이 낫다고 생각하는 사람이었으니까. 하지만 쿡의 이런 행보 덕분에 워런 버핏의 버크셔 해서웨이도 애플 주식을 사기 시작했다.

중국에 제품 생산을 의존하는 애플은 최근의 미·중 무역 전쟁이 달가울 리가 없다. 하지만 쿡은 박쥐 같은 전략으로 정치적인 이슈를 헤쳐나간다. 중간에서 중국이 원하는 것과 미국이 원하는 걸 적절하게 주는 식이다.

도널드 트럼프 전 미국 대통령이 중국 제품에 대한 관세를 올리겠다고 발표한 이후 쿡은 2018년 중국에서 열린 경제 포럼에서 자유무역의 중요성에 대해 강조했다. 반면 미국에 돌아와서는 트럼프 전 대통령의 딸 이방카 트럼프와 사위 재러드 쿠슈너 그리고 백악관 경제 보좌관과 만나 중국에서 만들어지는 애플 워치의 관세를 높이는 걸 막았다.

2019년 애플이 미국 내에서 생산하는 유일한 제품인 데스크톱 컴퓨터 맥 프로의 생산을 중국으로 이전하려 한다는 보도가 나왔다. 쿡은 생산을 옮기는 대신 공장이 있는 텍사스주 오스틴에 트럼프 대통령을 모셔다가 기자회견을 열었다. 트럼프는 이 자리에서 자기 덕에 애플이 미국에 공장을 지었다는 식으로 얘기했다. 하지만 애플은 2013년부터 맥 프로를 이미 그곳에서 생산해왔다. 환경문제와 이민 이슈에 대해서는 트럼프 대통령을 비판하던 쿡이지만 그의 거짓 공치사에 대해서는 아무런 언급도 하지 않았다. 트럼프 대통령은 그를 팀 쿡이 아니라 친근하게 '팀 애플'이라고 부르게 되었다.

물론 쿡이 모든 걸 잘하는 건 아니다. 2015년 애플의 하드웨어 담당 임원이 스마트 스피커에 관한 얘기를 꺼내자 온갖 질문을 해대며 더 많은 정보를 요구했다. CEO가 스마트 스피커를 긍정적으로 생각하지 않는다고 느낀 하드웨어 팀은 스마트 스피커에 크게 신경 쓰지 않았다. 하지만 나중에 쿡이 아마존의 스마트 스피커 '에코'를 거론하며 애플의 스마트 스피커 개발이 어떻게 되어가냐고 묻자 그제야 전력을 기울였다. 결과적으로 애플은 경쟁사보다 2년 정도 늦게 '홈 포드'를 내놓았고 이 부문에서 고전 중이다. 쿡이 조심스러운 데 반해 하드웨어 팀은 잡스의 직접적이고 구체적인 지시와 명령에 익숙해져 있었기 때문에 일어난 일이었다.

이렇듯 쿡이 이끄는 애플은 새로운 제품 부문에선 고전 중이다. 그렇지만 잡스의 작품인 아이폰의 주변 기기 부문에서는 선전하고 있다. 대표적인 제품이 스위스 시계 산업 규모를 넘어선 애플 워치와 2019년 기준 전 세계 헤드폰·이어폰 판매량의 거의 절반에 육박하는 시장 규모를 자랑하는 에어팟이다. 이 밖에 쿡은 애플TV 플러스와 같은 동영상 콘텐츠 구독 서비스 시장에도 진출했다.

노래방에서 노래를 잘하는 사람 뒤에는 아무도 노래를 하지 않으려 하는 법이다. 기업 경영도 마찬가지다. 너무 잘한 전임자의 뒤를 잇는 후임이 되고 싶은 사람은 없다. 빛이 나지 않기 때문이다. 그래도 후임은 있어야 한다. 이런 후임들이 잘 저지르는 실수가 전임자와 똑같은 방식으로 일을 하는 거다.

쿡은 잡스와는 전혀 다른 방식으로 일에 접근했고 결과적으로 기업 경영 역사상 창업자를 잇는 가장 성공적인 후임이 됐다. 잡스는 대체할 수 없는 경영자였다. 애플은 잡스가 만들어놓은 거대한 엔진에 기름칠해서 잘 굴러가게 할 인물이 필요했다. 잡스가 쿡을 애플의 후임으로 선택한 이유는 그가 이끌던 애플의 운영 부서가 크고 작은 사건, 사고가 없도록 협력에 집중하는 부서였기 때문이었다.

쿡은 이런 자신의 역할을 잘 이해하고 있었다. 그는 자신만의 방식으로 애플을 이끌었다. 이런 상황에서 잡스라면 어떻게 했을까를 묻는 대신 자신이 옳다고 생각하는 방식으로 경영했다. 산업공학과 출신의 공급망 전문가인 그는 요즘에도 매일 새벽 네 시에 일어나 글로벌 판매 수치를 훑어본다. 금요일 저녁에는 운영 및 재무 직원들과 만나 회의를 한다. 회의가 저녁 늦게까지 계속되는 경우가 많아 직원들은 이 회의를 '팀과의 불금 데이트'라고 부른다. 거의 매일 디자인 스튜디오에 들렀던 잡스와 달리 쿡은 디자인 스튜디오에는 발을 거의 들이지 않는다. 쿡은 제품과 마케팅 중심이었던 애플 이사회를 재무 전문가들로 바꿨다.

쿡은 2017년 다음과 같은 말을 한 적이 있다.

"나는 잡스를 따라 해서는 안 된다는 걸 알고 있었어요. 그랬다면 비참하게 실패했을 거예요. 훌륭한 사람의 뒤를 잇는 사람들이 자주 저지르는 실수죠. 자신만의 길을 가야 해요. 자신만의 방식으로 최선을 다해야 합니다."

우리는 어떤가. 주변의 기대에 부응하기 위해 다른 사람의 방식을 너무 고집하고 있는 건 아닐까. 성과가 좋은 전임자를 그대로 따라 하기 위해 과하게 노력하는 건 아닐까. 남들이 정해놓은 방식에 집착하지 말고 자기 자신만의 방식으로 스스로 빛나는 사람이 될 수는 없는 걸까.

# 빅데이터가 말해주는
# 성과 높은 직원의 비밀

~~~~~~~~~

마이크로소프트는 하드웨어를 만들어 재미를 본 적이 별로 없다. 디자인을 잘한다고 알려진 기업도 아니다. 하지만 마이크로소프트에서 엑스박스Xbox와 랩톱 서피스Laptop Surface를 담당하는 브렛 오스트룸 부사장에게 2018년 초는 그리 나쁘지 않은 시기였다. 삼성과 애플 등 내로라하는 하드웨어 기업들과의 경쟁에서 조금씩 시장점유율을 늘려나가고 있었고 제품에 대한 평도 나쁘지 않았다.

　다만 한 가지 문제가 있었다. 그의 밑에서 일하는 700명의 직원에게 근무와 관련된 설문 조사를 했는데, 한 가지 분야의 점수가 너무 떨어졌다. 바로 워라밸 점수였다. 다른 분야의 점수는 모두 평균 또는 평균 이상이었는데 워라밸 분야는 회사 전체 평균보다 매우 낮았다. 매우 위험한 신호다. 곧 그만두는 직원들이 생길 것이라는 의미기 때문이다. 700명 중에는 대체하기 어려운 전문 기술을 가진 엔지니어도 많았다. 대량 이직 사태가 발생하면 어렵게 늘린 점유율이 다시 제자리로 돌아가는 건 시간문제였다.

오스트룸 부사장은 회의를 소집했다. 새벽이나 밤늦게 일해야 하는 직원이 많기 때문일까? 출장이 많아서일까? 하드웨어는 공급망이 전 세계에 걸쳐 있기 때문에 충분히 그럴 수 있었다. 하지만 이 부서에서 일하는 직원들은 출장과 밤늦은 전화를 흔쾌하게 받아들이는 것으로 나타났다. 그렇다면 일을 많이 시키는 일부 매니저 때문일까? 그도 아니었다. 공격적인 매니저나 느긋한 매니저나 밑에는 비슷한 비율의 불행한 직원들이 분포해 있었다. 오스트룸 부사장은 고민에 빠졌다.

『연금술사들』을 쓴 뉴욕 타임스의 닐 어윈 기자가 2019년 6월 내놓은 책 『승자독식의 세계에서 이기는 법How to Win in a Winner-Take-All World』(국내 미발간)에 나오는 사례다. 책의 전반적인 내용은 간단히 말하면, 승자독식의 시대에 회사원들이 어떻게 일해야 잘했다는 얘기를 들을 수 있는지다. 그러니까 '일잘러(일 잘하는 사람)'가 되고 싶은 사람을 위한 책인 셈이다. 해당 사례가 소개된 챕터에서는 성공하기 위해서는 회사뿐 아니라 개인도 빅데이터를 사용해야 한다고 주장한다.

　과거 직장인으로 성공하기 위해선 선배들이 해줄 수 있는 조언이 별로 없었다. 일찍 출근해라, 열심히 일해라, 윗사람 잘 모셔라… 그 정도를 제외하면 모두 특수한 상황이나 일하는 방식에 관한 얘기다. 그런데 빅데이터가 여기에 어떻게 더 도움을 준다는 말인가? 보통 빅데이터는 기업들이 통찰력을 얻고 더 효율적으로 일하며 더 나은 결과를 얻기 위해 이용한다. 사용의 주체가 기업이다. 그런데 이메일과 캘린더 소프트웨어 등 모든 일이 디지털로 기록되는 시대가 되다 보니 빅데이터는 개인이 일하는 방식에도 통찰력을 주기 시작했다.

　오스트룸 부사장이 고민에 빠지기 몇 년 전, 마이크로소프트의 인사팀에서 일하는 돈 클링호퍼는 직원들의 근무 기록과 설문을 연구하다가 특이한 점을 발견했다. 한 부서에서만 계속 일한 직원보다 다른 부서로 옮겨 일하는 직원이 더 몰입도가 높고 회사에 더 도움이 된다는 점이었다. 그런데 당시 마이크로소프트는 다른 부서로 이동하기가 매우 힘든 기업이었다. 일단 한 부서에서 18개월을 일해야 타부서로 옮길 권한이 주어지고 다른 부서로 옮기기 위해 면접을 보려면 현재 상사의 허락을 받아야 했다. 다른 부서로 가겠다는 직원을 어떤 상사가 좋아하겠는가. 그래서 직원들은 다른 분야의 일을 하고 싶으면 아예 이직을 더 선호했다.

클링호퍼는 회사에 건의해 회사 내 부서 이동을 쉽게 만들었다. 또 그녀는 직원들이 일하는 방식을 더 자세히 살펴보면 더 많은 통찰을 얻을 수 있으리라 생각했다. 하지만 직원 설문 조사만으로는 한계가 있었다. 그러다가 볼로메트릭스VoloMetrix라는 기업을 발견했다. 조직 생산성 개선을 위한 분석 소프트웨어 전문 기업이었다. 볼로메트릭스는 분석을 통해 일주일 중 직원들이 평균적으로 자신의 핵심 업무에 집중할 수 있는 시간은 열한 시간뿐이라는 수치를 밝혀내기도 했고, 직원들이 퇴사하기 최대 1년 전에 미리 그 움직임을 포착 가능하도록 하기도 했다. 마이크로소프트는 클링호퍼의 건의로 2015년 볼로메트릭스를 인수한다.

오스트룸 부사장은 클링호퍼와 볼로메트릭스를 창업한 라이언 풀러를 찾아갔다. 워라밸에 만족을 못 하는 직원이 많은데 원인을 모르겠다고. 클링호퍼와 풀러는 일단 부서의 전체적인 회의 시간을 조사해봤다. 일주일에 평균 스물일곱 시간이었다. 적지 않은 시간이다. 하지만 이는 마이크로소프트 평균보다 그렇게 심하게 많은 것도 아니었다. 문제는 많은 회의가 참여 인원이 10~20명에 이르는 대규모 회의라는 점이었다.

직원들이 느끼는 불행이 회의 때문일 수 있다는 가설을 세우자 조사가 쉬워졌다. 인터뷰를 해보니, 많은 직원이 회의에 들어가느라 정작 자기 일할 시간이 부족했다. 그래서 밤이나 주말에 따로 시간을 내서 일하고 있다는 사실이 드러났다. 하지만 이들은 굳이 자신의 캘린더에 그 시간을 기록하지 않았을 뿐이었다. 클링호퍼와 풀러는 직원들에게 개인 일을 하는 시간을 캘린더에 입력을 해놓으라 제안했고 상사들에겐 그 시간을 피해 회의를 소집해달라고 했다. 꼭 필요하지 않으면 회의도 자제해달라고 요청했다. 문제는 비교적 쉽게 해결이 됐다.

무엇보다 정말 중요한 건 여러모로 생산성을 향상하기 위해 연구하는 과정에서 알게 된 새로운 사실들이다. 클링호퍼와 풀러는 직원 데이터를 가지고 여러 각도로 연구를 해보다 '일잘러'들에게는 공통된 세 가지 특징이 있다는 사실을 알게 되었다.

① 열심히 일하지만 너무 열심히 일하지 않는다.

일주일에 40~50시간 일하는 직원들의 몰입도가 보다 높은 것으로 나타났다. 그 이상 일을 하면 몰입도가 떨어졌다. 놀라운 사실은 (어찌 보면 당연하기도 하지만) 긴 시간 일하는 건 밑으로 전염이 되는 것으로 나타났다. 상사가 일을 오래 할수록 부하 직원들의 근무시간도 늘어났다. 어떤 기업은 상사가 일반적인 업무 시간보다 한 시간 더 일할 때, 바로 아래 직원들의 근무시간은 20분 늘어나는 것으로 나타났다 (이 수치들이 낯설게 느껴진다면 이건 한국이 아니라 미국이라는 사실을 상기하자). 쉽게 말해, 일잘러들은 근무시간 동안 열심히 일하고 되도록 일찍 퇴근한다는 얘기다.

② 부하 직원과 일대일로 자주 만난다.

아직도 전체 회의나 회식이 리더십을 보여주는 가장 확실한 방법이라고 생각하는 상사들이 있을까? 전체 회의는 매니저의 능력과 아무런 상관관계가 없는 것으로 나타났다.

대신 바로 밑의 부하들과 짧게라도 자주 일대일로 만나는 매니저들이 성과가 좋았다. 또 바로 직속 상사와 자주 만나는 직원들은 상사를 자주 만나지 않는 직원들에 비해 상사의 피드백을 더 잘 받아들이는 것으로 나타났다.

③ 사내 인맥을 키운다.

회사 내에서 이 사람, 저 사람 만나고 다니는 걸 사내 정치한다고 싫어하기도 하지만 다른 부서 사람들을 많이 알면 알수록 더 행복하고 오래, 더 성공적인 회사 생활을 하는 것으로 나타났다. 이 경우에도 상사가 인맥이 넓으면 부하 직원도 인맥이 넓어지는 경향이 있었다.

이런 데이터가 보여주는 건 상관관계일 뿐 명확한 인과를 찾기는 어려운 경우가 많다. 하지만 일 잘한다는 얘기를 듣고 싶다면 마음을 열고 데이터가 들려주는 소리를 잘 듣고 따라 해보자. 그러다 보면 좋은 일이 생기지 않을까? 적어도 일찍 출근하고 열심히 일하라는 하나 마나 한 소리보다는 나으니까. 포인트는 마음을 여는 거다.

# 감 vs 데이터:
## 분석과 직관 사이에서
## 정신적인 양손잡이 되기

A사에는 미항공우주국 출신 수리생물학자가 특별 보좌관으로 있다. B사는 연구개발R&D 담당 부회장을 두는데 이 밑에는 여러 명의 연구개발 애널리스트와 데이터 설계자가 있다. C사에서는 모두 아홉 명의 애널리스트가 일을 하며 이에 더해 엔지니어와 기술자들도 있다. D사는 다섯 곳의 다른 회사로부터 데이터를 받아본다.

　A와 B, C, D사는 어디일까? 정확하게 맞히기는 어려울 거다. 너무 광범위하니까. 하지만 어느 분야의 이야기인지를 맞혀보라고 하면 맞힐 수 있을까. 금융회사일까, 아니면 IT 기업일까? 그러면 답을 한번 보자.

2017년 미국 프로야구 메이저리그 월드시리즈 우승을 한 Ⓐ휴스턴 애스트로스에는 미항공우주국 출신의 수리생물학자가 단장의 특별 보좌관으로 있다. Ⓑ보스턴 레드삭스는 야구 연구 개발 담당 부회장을 두는데 이 밑에는 여러 명의 야구 연구 개발 애널리스트와 데이터 설계자가 있다. 과거 류현진 선수가 뛰었던 ⓒLA 다저스에는 모두 아홉 명의 애널리스트가 일을 하며 이에 더해 엔지니어와 기술자들도 있다. Ⓓ뉴욕 메츠는 각기 다른 다섯 곳의 회사로부터 데이터를 받아본다.

그렇다. A, B, C, D는 일반적인 기업이 아니라 미국 메이저리그 야구단이다(이 글은 미국 프로야구 개막을 앞두고 미국 AP통신이 쓴 미국 프로야구 감독에 관한 기사「Modern Major League Manager Salesman As Much As Strategist」중 일부다). 야구는 기록경기다. 메이저리그 각 팀은 정규 시즌 경기만 1년에 162번을 치르는데 그 많은 경기가 열릴 때마다 기록은 쌓인다. 특정 타자의 타구 방향을 분석해 수비 위치를 옮기는 것은 기본 중의 기본. 땅볼 유도 투수를 위주로 선발진을 꾸린 뒤 내야 수비를 강화하는 구단도 있고 뜬 공을 잘 유도하는 투수를 둔 구단은 외야 수비를 강화하기도 한다. 모든 건 데이터로 나와 있다.

구단이 고용한 연구개발자 또는 데이터 애널리스트들은 모두 이런 데이터를 분석해 감독에게 전해준다. 감독은 이런 방대한 데이터를 토대로 판단을 내린다. 투수 교체, 번트 사인, 치고 달리기, 대타 기용과 같은 결정이다. 요즘에는 번트도 많지 않고 도루도 덜하는 편이지만 경기 중 누군가는 결정을 내려야 하며 그건 결국 감독의 몫이다.

물론 감독들은 데이터를 무시하고 감이나 직관에 의존할 수도 있다. 하지만 결과가 나쁘면 동네방네 얻어터질 각오를 해야 한다. 구단 프런트로부터 지적을 받는 건 물론 데이터 대부분이 개방돼 있어 웬만한 팬들도 감 놓아라, 배 놓아라 하기 때문이다. 어느 투수가 어느 타자에게 강하고 어느 왼손 타자는 왼손 투수에게도 강한지 등등. 그래서 감독들은 데이터를 무시할 수가 없다.

야구 감독만 이런 고충을 겪는 건 아니다. 경영자도 겪고 행정가도 겪는다. 야구뿐 아니라 세상 어디를 가나 데이터는 쏟아지고 있기 때문이다. 특히 '빅데이터'라는 용어가 일반화된 이후 엄청 많은 데이터를 모아다가 돌리면 뭔가 좋은 게 뚝 떨어질 거라는 기대감이 생겼다. 소름이 끼칠 정도로 성공적인(?) 사례도 있다.

2012년 미국의 한 10대 여고생은 유통업체 '타깃Target'으로부터 신생아용품 할인 쿠폰을 받았다. 이 여학생의 아버지는 타깃에 강력하게 항의했다. "내 딸이 임신하기를 바라느냐"면서. 판매 점장은 정중하게 사과를 했다(쿠폰은 본사에서 자동으로 발송이 됐기 때문에 점장은 무슨 일이 일어났는지 잘 몰랐을 가능성이 크다). 며칠 뒤 타깃의 매니저가 재차 사과를 위해 전화를 했을 때, 아버지는 많이 누그러져 있었다. 실제로 딸이 임신했다는 사실을 알았기 때문이었다. 타깃은 아버지도 몰랐던 10대 소녀의 임신을 정확하게 파악했다.

타깃은 빅데이터 분석을 통해 여성들은 임신 초기에 칼슘과 마그네슘, 아연이 든 건강보조 식품을 사며 임신 20주가 되면 살이 트는 것을 막기 위해 화학물질이 적거나 없는 로션을 구매한다는 사실을 알아냈다. 그리고 출산이 임박하면 신생아용품을 사기 시작한다는 사실도. 여고생은 임신 초기의 패턴을 그대로 따랐고 타깃은 패턴을 읽고 신생아용품 할인 쿠폰을 보낸 것이었다. 이러한 불편한 사건을 막기 위해 기업들은 이제 임신 관련 제품 쿠폰을 보낼 때는 전혀 관련이 없는 쿠폰도 함께 보낸다. 임신 관련 용품이 '어쩌다 따라왔다'라는 느낌을 주기 위해서다. 이게 2012년의 일이 니 지금은 어느 정도까지 발전했을지 더 알기조차 두렵다.

그렇지만 이젠 빅데이터를 맹목적으로 믿어서는 안 된다 는 의견도 서서히 고개를 들고 있다. 하버드대 수학 박사 출 신으로 헤지 펀드에서 일했던 캐시 오닐은 빅데이터 활용을 대량 파괴 무기Weapons of Mass Destruction에 비유해 '수학적 살상 무기Weapons of Math Destruction'라고 부른다. 오닐은 빅데이터가 세상을 더 불평등하게 만들고 민주주의를 위협한다고 지적 한 책『대량살상 수학무기: 어떻게 빅데이터는 불평등을 확산하 고 민주주의를 위협하는가』에서 기업과 정부는 수학적인 살상 무기를 만들 수밖에 없다고 지적한다.

야구와 달리 세상에는 기업이나 정부가 원하는 데이터가 존재하지 않는 경우가 많아 대리 데이터를 많이 쓰기 때문 이다. 그러다 보니 문제가 생긴다. 예를 들어, 특정 지역과 대출금 연체 비율의 상관관계 또는 쓰는 언어와 업무 성과 예측 같은 데이터로 상호 관계를 계산해본 뒤 무조건 대출 이나 입사를 거부하게 된다는 것이다. 가난한 동네에 사는 사람은 아무리 대출금을 갚을 능력이 있어도 대출을 받을 수가 없고 영어를 모국어로 사용하는 사람이 아니면 아무리 똑똑해도 좋은 기업 입사가 힘들어지는 셈이다(이민자에 대한 차별이 이렇게 이뤄진다).

토론토 로트만대 비즈니스스쿨의 전 학장인 로저 마틴과 토니 골스비-스미스 컨설턴트는 지난해 『하버드 비즈니스 리뷰』에 쓴 「경영은 과학 그 이상이다」라는 글에서 "빅데이터 혁명은 경영의 모든 의사 결정이 과학적 분석을 통해 이뤄져야 한다는 신념을 강화했지만 이 접근 방식에는 한계가 있으며 전략적 선택지를 줄이고 혁신을 저해한다"라고 지적했다. 과학적 분석은 변하지 않는 자연적 현상을 이해하기 위해 설계되었으므로 가능성이나 아직 존재하지 않는 것을 평가하기에는 효과적이지 않다는 얘기다.

그러면 어떻게 해야 할까. 보스턴 컨설팅 그룹의 창업자 브루스 핸더슨은 "비즈니스에서 최종 선택은 항상 직관적이다. 그렇지 않다면 모든 문제 해결은 수학자들의 몫이 되었을 것"이라고 말했다. LG경제연구원에서 발간한 『불확실한 환경, 직관의 힘이 중요해진다』에 따르면 직관은 "'감感' 또는 '본능' 정도로만 생각하는 경우가 많지만, 사실 타고나는 생물학적인 현상이라기보다 개인의 경험을 바탕으로 종합적인 사고의 과정을 거쳐 이루어지는 판단 능력"에 더 가깝다고 한다. 따라서 데이터를 활용하되 계속해서 경험하고 느끼고 생각하기를 게을리해서는 안 된다는 얘기다. 직관에 관한 연구를 많이 하는 영국 서리대의 유진 새들러 스미스 교수는 "적절하게 분석과 직관의 사이를 오가는 정신적인 양손잡이가 되어야 한다"라고 말했다.

오랫동안 메이저리그 감독이었다가 은퇴한 짐 리랜드 전 디트로이트 타이거즈 감독은 말한다. "데이터가 많죠. 중요한 것도 있고 별 상관없는 것도 있어요. 선수와 허구한 날 같이 생활을 하다 보면 누가 일을 해낼 것인지 알게 됩니다." 사람에게는 숫자는 말해주지 않는 '뭔가'가 있다는 얘기다. 그래서 많은 야구 감독은 데이터에만 의존하지 않고 여전히 직관을 믿는다. 결국은 다 사람이 하는 일이기 때문이다.

# 세상에
# 영원한 것은 없다

중동의 유프라테스 강 근처에는 기원전 3500년경의 것으로 추정되는 벽화가 있다. 이 벽화에는 외양간에 매인 소의 젖을 짜는 사람의 모습, 젖을 걸러 그릇에 받는 모습 등이 새겨져 있다고 한다. 인류가 적어도 지난 5,500년이 넘는 세월 동안 우유를 마셔왔다는 증거다. 나이가 들어서도 동물의 젖을, 그것도 소의 젖을 먹는 유일한 종이 인간이라는 우스갯소리도 있지만, 오랜 세월 동안 우유가 인류의 중요한 영양 공급원이었다는 사실은 부정하기 어렵다.

한편 석유가 지금과 같이 사용되기 시작한 건 1850년대부터다. 이후 지금까지 약 170년 동안 석유는 인류의 삶을 완전히 뒤바꾸었다. 우유보다 사용 시간은 비교도 안 되게 짧지만, 인간의 삶에 미친 영향은 훨씬 크다고 할 수 있을 것이다.

(우유의 유는 젖 유乳고 석유의 유는 기름 유油지만) 같은 '유' 자로 끝난다는 점만 빼면 색깔도 하얀색과 검은색으로 완전히 반대인 우유와 석유에 관한 뉴스가 눈길을 끌었다. 미국 최대의 우유 업체가 파산 보호 신청을 했다는 소식과 세계 최대의 석유 기업인 사우디아라비아의 아람코의 상장 뉴스다. 우유부터 살펴보자.

### 우유 vs 식물성 우유

2019년 11월 12일 미국 최대의 우유 업체인 '딘 푸드 Dean Foods'가 파산 보호 신청을 했다. 이 회사 에릭 베링거스 CEO는 "사업 효율화를 위해 노력했지만 우유 소비량의 지속적 감소로 인해 운영에 어려움을 겪었다"라고 밝혔다. 1975년 이후 미국의 1인당 우유 소비량은 40%가 넘게 줄었다. 1996년 미국인들은 1년에 24갤런(약 91리터)의 우유를 마셨다. 하지만 2018년에는 이 양이 17갤런(약 64리터)으로 줄었다. 지난해 미국 내 우유 판매액은 이전해보다

8% 감소한 136억 달러(약 15조 9,000억 원)다.

그럼 미국인들은 이제 대체 뭘 마시는 걸까. 바로 식물성 우유다. 사람들은 우유 대신 건강을 위해 두유를 비롯해 아몬드 우유, 코코넛 우유, 귀리 우유 등 식물성 대체 우유를 찾고 있다. 지난해 기준 미국 대체 우유 시장 규모는 16억 달러. 우유 시장 규모(355억 달러)에 한참 못 미치지만 빠르게 성장하고 있다. 한 예로 귀리 우유는 지난해 매출이 636% 증가했다. 이는 미국만의 트렌드는 아닐 것이다.

이 와중에 미국 낙농업계는 식물성 우유를 '우유'라고 부르면 안 된다고 주장하고 있다. 엄밀한 의미에서 식물성 우유의 '우유'는 소의 젖이 아니고 그저 이해를 돕기 위해 우유라는 이름을 쓰고 있을 뿐이기 때문이다. 하지만 이는 신구 세대교체 과정에서 지배력을 잃지 않기 위해 벌어지는 단순한 기싸움일 뿐이라는 시각도 있다.

5,500년 넘게 인류의 식탁에 올랐던 식품이 서서히 인기를 잃어가는 건 슬픈 일이다. 이젠 다른 연구 결과도 나오고 있지만, 한때 완전식품이라고까지 불리던 우유라 더 그렇다. 우유 소비량은 절대로 변치 않을 것이라고 생각했던 업계 종사자들의 기분은 어떨까.

## 석유 vs 신재생 에너지

아직은 우유 업체들처럼 힘겨워하고 있지는 않지만, 석유 기업들도 미래가 두렵기는 마찬가지다. 그런 가운데 세계 최대의 석유 기업인 사우디 아람코는 왜 이제 와서 상장한 걸까. 사우디 왕위 계승 서열 1위인 무함마드 빈 살만 왕세자는 2016년에 발표한 '비전 2030'에서 아람코의 상장을 예고했다. 비전 2030의 구체적인 실행 계획을 담은 '국가개혁 프로그램'에 따르면 아람코를 상장해 모은 돈은 세계 최대 규모의 국부 펀드를 조성해 해외 자산을 다변화하는 데 쓰게 돼 있다. 아람코를 상장해 조달한 자금을 '탈석유' 경제구조 개혁의 밑천으로 삼겠다는 얘기다.

전문가들은 현재 전세계에서 하루에 9,500만 배럴씩 생산되는 원유는 앞으로 조금씩 늘어나다가 10년 후에는 정점을 찍을 것으로 예상한다. 하지만 산업혁명 이전보다 섭씨 1.5~2도 이상 기온이 오르는 걸 막기 위해서는 2050년까지 4,500~7,000만 배럴 수준으로 생산량이 줄어들어야 한다.

그렇다면 사우디는 석유 자원의 고갈을 현실로 받아들인 걸까. 그래서 지금 와서 아람코 상장을 시도하는 걸까. 그

점에 대해선 여러 관측이 나오고 있지만, 석유가 정확히 언제 고갈될지는 알 수 없다는 것이 정설이다. 하지만 기후변화로 인한 정치적인 압력과 신재생 에너지원의 개발로 인해 언젠가는 원유의 생산량도 줄고 수요도 줄 것이라는 점은 분명하다. 영국의 이코노미스트에 따르면 또 한 가지 분명한 건 이 상장을 통해 사우디가 아람코를 최후의 석유 기업으로 남기겠다는 야심을 읽을 수 있다는 점이다. 그러니까 아람코의 상장은 사우디 나름의 '엔드 게임'이랄까. 이제 사우디는 언제일지 모르는 '마지막'에 대비를 하는 셈이다.

물론 그 마지막이 찾아오기까지는 꽤 많은 시간이 걸릴 것이다. 하지만 우유의 사례에서 볼 수 있듯이 그런 변화는 오랜 시간에 걸쳐 찾아오지만, 당사자들에겐 하루아침 일처럼 일어난다는 점을 눈여겨볼 필요가 있다.

미국에 엘름허스트라는 우유 업체가 있다. 94년 역사를 가진 뉴욕의 이 최장수 유제품 기업은 2016년 "살균 우유의 시대는 갔다"라며 우유 생산 중단을 선언하고 우유 생산 관련 자산을 모두 처분했다. 대신 2017년부터 헤이즐넛, 호두와 아몬드 등 견과류를 짜서 만든 식물성 우유 생산을 시작했다. 당시만 해도 너무 빠른 게 아닌가 하는 생각을 하는 사람이 많았다. 하지만 딘 푸드의 파산 신청 소식을 접하고 보니 전혀 빠른 변신이 아니었다.

마이크로소프트가 PC 운영체계 시장을 꽉 잡고 있다가 모바일 시대의 도래로 추락을 했고, 노키아가 휴대전화 시장을 주도하다가 스마트폰의 등장으로 망했던 건 역설적으로 그 기업들에 확고부동한 세계 제일의 주력 상품이 있었기 때문이었다(물론 이 두 기업은 각각 클라우드 컴퓨팅과 통신 장비로 다시 재기에 성공하긴 했다).

하물며 영원할 것 같았던 우유와 석유도 끝이 보이기 시작했다. 엘름허스트처럼 또는 아람코처럼 변신하든가, 미래를 대비하든가. 아니면 내일 당장 망할 것 같은 위기감을 가지고 살아야 하는 걸까. 세상엔 정말이지 영원한 건 하나도 없다.

# 세계 최고의
# 맥주에서 배우는 워라밸

〜〜〜〜〜

'웨스트블레트렌12Westvleteren12'는 세계 최고의 맥주로 손꼽힌다. 벨기에의 성 식스투스 수도원Saint Sixtus Abbey에서 트라피스트회Trappist 수도승들이 만드는 맥주다. 이 수도원에서 맥주 양조가 시작된 게 1838년이니 180년이 넘었다. 수도원에서 만드는 맥주는 웨스트블레트렌12, 웨스트블레트렌8, 웨스트블레트렌 블론드6 이렇게 세 가지지만 이 중 맛이 가장 진한 12가 평이 제일 좋다.

그런데 그렇게 맛이 좋다는 이 맥주를 실제로 맛보는 호사를 누린 사람은 그리 많지 않다. 소량만 생산하기 때문이다. 1년에 12만 6,000갤론(약 47만 7,000리터)만 생산한다.

1946년부터 그래왔다. 다른 트라피스트회 수도원에서 만드는 맥주 중 비교적 유명하며 수입도 되는 시메이Chimay가 연 3,200만 갤런을 생산하는 것을 생각해보면 정말 적은 양이다. 그마저도 수도원에서 현장 판매만 한다.

수도원은 1년에 70일만 맥주를 만든다. 양조에 투입되는 수도승은 모두 다섯 명으로 오전 아홉 시부터 오후 다섯 시까지 일한다. 맥주를 병에 담는 날에는 다섯 명이 추가로 일한다. 상당히 한가해 보이는 양조 과정과는 달리 이 맥주를 구하려는 사람은 차고 넘친다. 맛보는 방법은 두 가지다. 수도원에 직접 가서 한 궤짝(스물네 병)을 사거나 수도원 바로 앞 카페De Vrede café에서 마시는 거다. 레이블도 붙어 있지 않은 병은 하나에 2달러도 안 된다고 한다. 명성에 비해 싼 금액이다.

수도원은 벨기에 수도 브뤼셀에서 차로 한 시간 반 정도 떨어져 있는데 워낙 시골이라 찾기가 쉽지는 않다. 버스를 타고 갈 생각은 접는 게 좋다. 여러 번 갈아타야 해서 무려 아홉 시간이 걸린다고 한다. 궤짝을 사려면 60일 전에 전화 예약을 해야 하는데 시간당 최대 8만 5,000번의 전화가 걸려올 정도로 통화하기가 어렵다. 예약할 때는 자동차 번호

판을 알려줘야 한다. 해당 차량을 몰고 가면 한 궤짝을 살 수 있다. 같은 차로 60일 안에는 다시 예약하지 못한다. 수도원은 또 맥주 재판매를 엄격하게 금하고 있다. 맥주 애호가들 사이에서는 "맛도 맛이지만 희소성이 맥주에 대한 평가를 높이는 데 도움을 준 건 부인할 수 없다"라는 얘기가 나온다.

이쯤 되면 도대체 왜 생산량을 늘리지 않는지 궁금하지 않을 수가 없다. 이렇게 인기가 많으면 생산량을 늘려 돈을 조금이라도 더 버는 것이 자본주의 시대의 상식 아닐까. 이에 대해 수도승들은 "우리는 살아가기 위해 맥주를 판매할 뿐이다. 맥주를 팔기 위해 사는 게 아니다"라고 답한다. 자신들은 맥주를 만드는 사람이 아니라 수도승이며 수도원을 운영하면서 수도승으로 살기 위해 맥주를 만들어 팔고 있을 뿐이라는 얘기다.

워라밸. 개인의 일과 생활이 조화롭게 균형을 이루고 있는 상태를 일컫는 이 용어에 모두가 관심을 기울인 지도 꽤 되었다. 기업 대표들이 직접 나서서 '칼퇴근'을 종용하고 퇴근 후 저녁 시간에 업무 관련 메시지를 보내지 말자는 얘기도 나온다. 많은 기업이 워라밸을 위한 많은 조치와 아이디어를 내놓고 실행하고 있다. 하지만 어딘가 아쉬운 느낌은 지울 수가 없다. 궁극적으로는 회사라는 곳이 친목 단체가 아니라 성과를 위한 조직이기 때문일 것이다.

여러 제도와 장치의 도입도 중요하지만 정작 바뀌어야 하는 건 개인의 마음가짐이 아닐까. 세계 최고의 맥주를 만드는 수도승들에게서 워라밸과 관련해 배울 점이 있다면 그건 이들이 자기 자신이 누구인지를 명확하게 알고 있다는 점일 것이다. 맥주 제조가 주 업무가 아니고 수도승으로 사는 것이 먼저라는 점을. 수도승들이 우리에게 "당신은 누구입니까"라는 질문을 던지면 뭐라고 답할 것인가. 우리는 많은 이름을 가지고 산다. 직업인이면서 한 가정의 엄마이자 아내이고 아빠이자 남편이며 생활인이다. 이 중에서 무엇이 주가 되어야 할까. 이에 대한 답을 갖고 사는 것이 진정한 워라밸의 시작이다.

기업들이 워라밸은 생산성을 떨어뜨리는 적이라는 생각을 버리는 것도 중요하다. 미국 프로 농구 NBA에서 가장 존경받는 감독 중 한 명인 샌안토니오 스퍼스의 그렉 포포비치 감독은 선수들에게 농구 외의 세상을 보여주기 위해 노력한다. 정치적인 목소리를 많이 내는 것으로 유명한 그는 연습 경기를 할 때, 대통령 선거에서 조지 부시의 공화당을 찍은 선수들을 한 팀으로, 알 고어의 민주당을 찍은 선수들을 다른 팀으로 나누기도 했다고 한다. 또 정부의 세금 인상에 찬성 또는 반대하는 선수들로 팀을 나눈 적도 있다. 어렸을 때부터 농구만 해서 농구 말고는 잘 모르는 젊은 선수들에게 세상에는 농구 말고도 중요한 것이 많다는 것을 가르쳐야 한다고 그는 믿는다. 그가 감독이 된 이듬해부터 올해까지 스퍼스는 21년 연속 플레이오프에 진출했으며 다섯 번 우승했다. 그의 믿음은 분명히 기업들에게 시사하는 바가 있다.

그리고 어쩌면 명확한 정체성이 브랜드가 될지도 모를 일이다. 웨스트블레트렌 맥주의 희소성이 맥주 맛에 대한 평가를 끌어올렸듯이 말이다.

# 유지할 수 없으면
# 바꿔야 한다

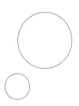

과거 메이저리그 LA 다저스의 선발투수였던 류현진의 2019년 시즌 전반기 성적은 타의 추종을 불허한다. 10승 2패에 방어율은 1.73이다. 지난 20년 동안 여섯 번째로 낮은 전반기 방어율이다. 109이닝을 던지는 동안 볼넷(타자가 한 타석에서 네 개의 볼 판정을 받아 그냥 걸어서 1루로 진루하는 것)은 단 열 개, 출루를 허용한 주자는 100명뿐이었다. 빼어난 성적 덕분에 메이저리그 올스타전에서 내셔널리그 선발투수까지 됐다. 이런 류현진의 가장 큰 장점은 무엇일까. 특이하게도 부상 후 더 강력해진다는 신기함이 아닐까 싶다.

류현진은 동산고 1학년 시절 미추홀기 고교야구대회에서

팀의 준우승을 이끌었다. 당시 직구 구속이 137km까지 나왔었다. 하지만 대회 이후 팔꿈치에 통증이 왔다. 이후 6개월 동안 치료를 받았지만 나아질 기미가 보이질 않았다. 결국 이듬해인 2004년 4월 팔꿈치 수술을 받았다. 그리고 7개월 동안의 재활을 시작했다. 매일 새벽 인천 집을 나서서 서울 송파구 방이동의 병원에 갔다가 밤늦게 집에 돌아오는 생활이 이어졌다. 왕복 다섯 시간 거리였다. 그렇게 고교 2학년을 공 한번 던져보지 못하고 보냈다.

재활이 끝나고 첫 실전 투구인 2005년 2월 훈련캠프에서 구속이 142km가 나왔다. 류현진 자신도 어떻게 구속이 더 빨라졌는지 도대체 알 수 없다고 했다. 류현진의 어머니가 해답을 줬다. "현진이가 하루 대여섯 시간의 힘든 재활을 하루도 거르지 않았고 그것도 부족해 아파트 11층 집까지 걸어서 올라갔어요." 하루 다섯 시간 거리를 차를 타고 다니면서 재활을 하는 고등학생이 하기는 쉽지 않은 일이다.

그는 그해 청룡기 고교야구대회에서 팀을 우승에 올려놓았다. 하지만 부상 경력 때문이었는지 연고 구단 SK와 2차 1라운드 1순위 지명권을 가진 롯데가 그를 외면했다. 그는 결국 한화 이글스의 유니폼을 입었다. 그리고 신인으로 다승, 탈삼진, 방어율 1위를 석권하며 신인상은 물론 최우수 선수ᴹⱽᴾ까지 거머쥐었다. 당시 일개 투수가 팀 전체를 먹여 살렸기 때문에 한화의 '소년 가장'으로 불렸다. 중요한 시기인 고교 1학년 말과 2학년 전체를 부상과 싸우느라 보낸 선수라는 사실이 믿기지 않는 성적이다.

2013년 류현진은 메이저리거가 된다. 메이저리그 데뷔 후 첫 2년 동안은 상당히 괜찮은 성적을 올렸다. 28승 15패, 방어율은 3.17이었다. 하지만 류현진은 2015년 이후 묘하게도 고등학교 때 부상과 비슷한 전철을 밟는다. 그해 5월 왼쪽 어깨 수술을 받고 2016년 7월 복귀하지만 단 한 차례 선발 등판하고는 다시 팔꿈치 수술을 받아야 했다. 두 시즌 동안 선발투수로 한 번뿐이 나서지 못한 셈이다.

류현진에게는 이 2년이 인생 최악의 시기였다. 팔꿈치 수술 후에는 과거의 실력 그대로 복귀하는 투수들이 적지 않지만 어깨 수술은 그렇지 못한 경우가 많기 때문이다. 류현진이 메이저리그에 복귀하기는 어렵다고 보는 사람이 많았고 설사 복귀한다고 하더라도 과거의 실력을 보여주지 못하리라 생각하는 사람은 더 많았다. 하지만 류현진은 반드시 마운드에 다시 서겠다는 의지로 재활에 전념했고 결국 더 나은 투수가 돼 돌아왔다.

어떻게 그럴 수 있었던 걸까? 그 첫 번째 비밀은 던지는 볼 종류의 다변화에 있다. 류현진은 원래 포심 패스트볼, 체인지업, 커브 세 가지 구종을 던지는 투수였다. 하지만 재활을 하던 2년 동안 다저스의 릭 허니컷 투수코치에게 도움을 받아 세 가지 구종에 커터와 투심 패스트볼을 더해 모두 다섯 가지 종류의 볼을 던지는 투수가 됐다. 그뿐이 아니다. 류현진은 다섯 가지 종류의 볼을 모두 원하는 스트라이크존에 꽂아 넣을 수 있다.

많은 투수가 꼭 스트라이크를 잡아야 할 때는 반드시 직구를 던진다. 하지만 류현진은 꼭 직구를 던져야 하는 순간이 없다. 어느 구종을 던져도 원하는 위치에 던질 수 있기 때문이다. 150km대 구속이 즐비한 메이저리그에서 류현진이 시속 145km가 채 안 되는 구속으로 뛰어난 성적을 올리는 원동력은 다양한 종류의 볼을 던지면서도 제구력이 뒷받침되기 때문이다.

2018년 또다시 부상이 찾아왔다. 이번에는 사타구니 부상이었다. 한 시즌의 절반이 넘는 15주 동안 결장했다. 이번에도 류현진은 뭔가를 바꿨다. 타자에 관한 철저한 연구였다. 류현진은 머리가 매우 좋다. 타자에 대해 치열하게 연구를 하지 않아도 감으로, 또 엄청난 기억력으로 타자를 요리했다. 그는 "메이저리그 데뷔 후 첫 2년 동안은 타자들에 대해 수동적으로 배웠다. 하지만 지난 2년 동안은 능동적으로 연구를 했다. 덕분에 볼 배합이 더 좋아졌고 많은 도움이 됐다"라고 말했다.

정리하면 이렇다. 류현진이 부상 후 더 나아지는 비결은 부상 때마다 뭔가를 바꿨기 때문이다. 부상 기간에 가만히 있지 않고 뭔가 절치부심했다는 얘기다. 변화는 어렵다. 특히 류현진처럼 원래 잘 던지던 엘리트급 투수들은 변화를 받아들이기 어렵다. 이전의 방식으로도 잘나갔기 때문이다. 하지만 이전과 같을 수 없다면 뭔가를 바꿔야 한다. 류현진은 그런 변화를 잘 받아들였다. 나이가 들어가면서 구속이 느려졌다는 변화를 받아들이지 못하고 잊힌 강속구 투수들이 얼마나 많은가.

류현진이 부상을 극복하고 변화를 받아들일 수 있었던 데에는 그의 멘탈 안정성과 낙천성이 큰 몫을 하지 않았을까 싶다. 그의 심리와 낙천적인 성격은 이미 국가 대표급으로 알려져 있다. 이일준 정신건강의학과 전문의는 류현진의 강한 심리가 '할 수 있는 것'과 '할 수 없는 것'을 구별하는 데서 나온다고 지적했다. 이를 구별하면 포기가 빨라지고 포기가 빠르면 정신력이 잘 흔들리지 않기 때문이다. 어쩌면 류현진이 한화에서 뛰던 시절 탈삼진 기록을 세우고도 패전투수가 됐던 경험이 자신이 어찌할 수 없는 부분에 대해서는 신경을 덜 쓰게 만들었는지도 모를 일이다.

야구 선수와 일반 직장인은 무척 다르지만 류현진에게 배울 점은 있다. 우선 류현진이 구종을 늘리듯 직장인은 전문 분야를 늘릴 수 있으면 도움이 된다. 뉴욕 타임스의 닐 어윈 기자의 책 『승자독식의 세계에서 이기는 법How to Win in a Winner-Take-All World』(국내 미발간)에 따르면 마케팅 또는 인사와 같이 한 가지 일만 할 줄 하는 직장인보다 두 가지 이상의 분야 일을 할 줄 아는 직원이 더 나은 직장 생활을 하는 것으로 나타났다. 처지를 바꿔서 생각해보면 쓸모가 많으니 당연한 결과라고 할 수 있다. 그러니 안 해본 새로운 일을 맡게 되면 낙담하기보다는 좋은 일이라고 생각하면 좋다.

멘탈의 안정성도 직장인들에겐 매우 중요하다. 자신이 조정할 수 없는 일까지 너무 신경을 쓰다 보면 번아웃이 오기에 십상이기 때문이다. 개인적인 경험으로 미뤄볼 때 일 잘

하는 상사는 일희일비하지 않고 낙천적이었다. 작은 일로 화를 내고 일이 조금만 틀어져도 불안해 하는 상사는 부하 직원들까지 불안하게 만들 수밖에 없다.

적당히 머리가 좋은 사람은 뭐든 금방 잘한다. 하지만 조금만 어려움에 부딪히면 그 어려움을 넘지 못하고 쉽게 그만두곤 한다. 적당히 좋은 머리가 저주가 되는 셈이다. 어려움을 겪어보지 않았고 변화를 받아들이지 못하기 때문이다. 성공하는 사람은 어려움에 부딪히더라도 이를 어떻게든 이기고 발전한다. 그런 의미에서 류현진은 진정한 천재가 아닐까 싶다.

## 죽기 하루 전이라면
## 나는 무엇을 먹을까?

———————————

———————————

———————————

내가 사는 이곳 미국의 워싱턴주에는 코로나바이러스 때문에 한동안 외출금지령이 내려졌었다. 그렇게 집에만 처박혀 살게 된 우리 4인 가족의 유일한 관심사는 먹는 거였다. 세상에 존재하는 사람은 네 명, 미래에 대한 꿈과 계획은 오로지 먹는 것으로 대체가 됐다.

코로나 이전에도 우리 가족에게 먹는 일은 중요했다. 하지만, 그것은 우리 가족 네 사람뿐 아니라 사람과 함께하는 것이었다. 주말 친구네 파티에 가면 뭘 줄까? 외식을 유명 식당에서 하려면 주말을 피해야겠지? 한국에 가면 무얼 먹지? 여행을 가면 그 지방에서 꼭 먹어야 하는 음식은 무엇일까? 올해 추수감사절 칠면조는 어떻게 요리를 할까? 하지만 집에 갇혀 있는 동안 먹는 일은 온전히 "뭐가 맛있을까?" 그것뿐이다. 입의 쾌락에만 집중하는 고립된 동물 같은 기분이다. 아니, 동물보다 못한 것이, 동물은 배부르면 안 먹는데 나는 배가 불러도 다음엔 뭘 더 맛있는 걸 먹을까 그 생각을 하고 있다.

아침 식사가 끝나자마자 점심으로 뭐 먹을지를 얘기하고 점심이 끝나자마자 저녁에 뭐 먹을지를 논의한다. 자기 전엔 내일 뭘 먹고 싶은지 발표한다. 이렇게 '확찐자'가 생겨나지 싶다. 물론 먹고 싶다고 다 먹을 수 있는 건 아니다. 집에 있는 음식 재료가 받쳐줘야 한다. 약간의 비축(이라고 쓰고 사재기라고 읽는)을 해놓긴 했지만 먹고 싶은 음식을 먹는 경우는 손에 꼽힌다.

그러다가 하루는 큰딸이 갑자기 모두에게 "만약 내일 죽는다면 죽기 전 마지막 식사는 뭘 하고 싶은지"를 물었다. 답변을 고민하다가 오래전에 읽은 '사형수들의 마지막 식사'에 관한 기사가 생각났다. 검색해봤는데 해당 기사는 찾지 못했고 대신 얼마 전 뉴욕 타임스에 나온 기사를 찾을 수 있었다.

지구상에 아직 사형 제도를 폐지하지 않고 있는 나라는 50개국이 넘지만 오직 미국에서만 사형수의 마지막 식사에 대한 기록을 공개하는 것으로 나타났다(사형 제도가 여전히 남아 있는 나라 중에는 중국과 이란, 사우디아라비아 등 언론의 자유가 통제되고 있는 곳이 많기 때문이기도 하다).

2002년에서 2006년 사이 미국에서 사형이 집행된 247명 사형수의 '마지막 식사'에 관한 연구에 따르면 마지막 식사의 평균 칼로리는 2,756칼로리였다. 그중 네 명은 7,000칼로리가 넘는 식사를 요청하기도 했다. 70%가 튀김 요리를 주문했고 특정한 브랜드 음식을 요청한 예도 많았다. 16%는 코카콜라를 요구했고 세 명은 다이어트 콜라를 원했다. 역시 미국답다.

오클라호마시티 폭탄 테러범은 민트 초콜릿 칩 아이스크림을 선택했고 한때 KFC 매장 매니저였던 존 웨인 게이시라는 연쇄살인범은 닭튀김 한 통을 요청했다. 작년 10월 미주리주에서 처형된 한 사형수는 자이로(그리스 풍의 샌드위치)와 훈제 브리스킷 샌드위치, 감자튀김 2인분, 콜라, 바나나 스플릿을 마지막 음식으로 먹었다.

텍사스주에서는 2011년 이후 사형수에게 마지막 식사를 원하는 대로 대접해주는 관례가 사라졌다. 한 사형수가 1파운드의 바비큐 요리와 닭튀김 두 마리 등 엄청난 양의 음식을 주문하고는 입도 대지 않았기 때문이었다.

이런 사형수의 마지막 식사를 낭만적으로만 접근해서는 안 된다. 우리는 무슨 음식을 고르는지가 나라는 사람을 엿볼 실마리라고 생각하며 재미로 '마지막 식사'에 대해 얘기를 한다. 마지막 식사를 선택한다면 추억이나 개인의 정체성이 녹아 있을 수밖에 없다. 미국인이 김치찌개를 고르는 일은 없을 테고 한국인 중에 샌드위치나 햄버거를 고르는 이는 소수일 것이다.

죄를 짓고 죽음을 기다리는 사형수의 마지막 식사는 다르다. 과거 공개 처형의 연장선에 있기 때문이다. 옛날 사형수들은 모두가 보는 앞에서 교수형을 당하거나 돌팔매질을 당해서 죽었다. 일종의 공개적인 의식이었다. 요즘 사형 집행은 비공개로 이뤄진다. 다만 사형수가 마지막으로 뭘 먹었고 무슨 말을 했는지는 기록으로 남아 공개된다. 사형수의 마지막 식사에 관한 관심은 관음증적인 선정주의나 다를 바가 없다는 얘기다. 그러니까 우리가 죽음을 생각하며 마지막으로 먹을 음식을 고르는 건 사형수의 마지막 식사에는 비교할 바가 되지 않는다.

　그럼에도 불구하고 죽기 바로 전이든 한참 전이든 뭘 먹을지를 상상하는 건 언제나 재미있는 일이다. 딸 아이의 마지막 식사 질문에 대한 나의 답변은 돼지고기 수육과 물냉면이었다. 아내는 손만두와 회냉면을 골랐다. 첫째는 김밥과 엄마가 만든 통밀빵, 초등학교 3학년인 둘째는 조금의 망설임도 없이 짜장면이었다. 물론 내 답변은 언제 바뀔지 모른다. 내일은 초밥이 당길지도 모르고 모레는 치킨과 맥주가 먹고 싶을지도 모른다. 아니면 정말로 내일 죽게 된다는 사실을 알면 식욕이 뚝 떨어질지도 모를 일이다. 아⋯ 참을 수 없는 식탐의 가벼움이여.

# '원하는 것'과
# '원해야 하는 것'

~~~~~~~~~

1999년 4월 8일 저녁. 미국 미니애폴리스에 있는 식품업체 필스버리의 본사 앞에 리무진 여러 대가 섰다. 각각의 차량에서 내린 열한 명은 미국인들의 '배 속 점유율'을 두고 피 튀기는 경쟁을 하는 거대 식품업체의 CEO들이었다. 네슬레, 크래프트, 나비스코, 제네럴 밀스, P&G, 코카콜라 그리고 마스까지.

경쟁업체들이 왜 한자리에 모인 걸까. 그 이유는 미국의 비만 문제를 이야기하기 위해서였다. 처음 연단에 선 사람은 크래프트의 부회장 마이클 머드. "어린이 비만 문제가 커지고 있습니다. 매우 어려운 주제입니다. 쉬운 답은 없습니다. 하지만 이 문제를 들여다보면 볼수록 한 가지는 명백합니다. 우리가 무언가 해야 한다는 점입니다." 식품회사들이 비만 문제에 일말의 책임이 있다는 인정이나 다름없었다.

머드 부회장은 자신들이 만드는 가공식품을 담배와 같이 백해무익한 제품과 연관 짓기도 했다. 회의장 안의 분위기는 어두웠다. 결론은 식품을 만들 때 쓰는 소금과 설탕, 지방에 제한을 둬야 한다는 요지였다.

머드 부회장의 발표가 끝난 뒤 스티븐 생어 당시 제네럴 밀스의 CEO가 자리에서 일어났다. 시리얼로 유명한 제네럴 밀스는 당시 건강식품인 요거트를 거의 디저트에 가까울 정도로 달게 만든 요플레로 엄청난 인기를 끌고 있었다.

그는 단호했다. "소비자들은 변덕스럽습니다. 어떤 때는 설탕을, 다른 때는 지방을 겁내죠. 제네럴 밀스는 책임 있게 설탕이나 지방을 적게 넣은 제품도 만들고 건강한 통곡물을 사용하기도 합니다. 하지만 소비자들은 결국 맛있는 걸 사 먹습니다. 맛있게 만들면 되지 왜 굳이 맛이 없는 걸 팔려고 합니까?" 그의 발언으로 사실상 회의는 끝이 났다. 식품회사들은 이후 20년 동안 계속해서 설탕과 지방이 잔뜩 들어간 가공식품을 만들었고 미국은 더 비만해졌다.

인간이 '원하는 것(설탕과 지방이 잔뜩 들어간 가공식품)'과 '원해야 하는 것(건강식)' 사이에는 괴리가 있기 마련이다. 둘이 일치하면 좋겠지만 그런 일은 드물다.

'원하는 것'에 대한 갈망은 강력하다. 쥐에게 설탕과 지방을 따로 마음껏 먹으라고 주면 쥐들은 알아서 먹는 양을 조절한다. 설탕만 먹거나 지방만 먹는 건 맛이 없기 때문이다(설탕만 먹는 데는 한계가 있으며 올리브유 한 숟가락을 듬뿍 떠서 먹어보라. 뱉지 않으면 다행이다). 그래서 쥐들은 설탕과 지방을 양껏 주더라도 살이 찌지 않았다. 하지만 쥐들에게 설탕과 지방을 한데 합친 치즈케이크를 주자 이야기가 달라졌다. 쥐들은 쉬지 않고 치즈케이크를 먹어댔고 뚱뚱해졌다. 이 치즈케이크가 흔히 얘기하는 가공식품이다. 대표적인 '원하는 것'이라고 할 수 있다.

한편 탐스 슈즈는 대표적인 '원해야 하는 제품'이다. 탐스 슈즈는 자사 신발 한 켤레를 사면 가난한 나라 어린이에게 신발을 기부하는 대표적인 착한 기업이었다. 처음에 소비자들의 반응은 뜨거웠다. 내 신발도 사고 어려운 아이들에게 신발도 기부할 수 있으니 일거양득이었다. 3년 동안 매출이 약 5,000억 원에 이른다. 하지만 그뿐이었다. 이후 신제품은 나오지 않았고 초반 판매의 기세는 꺾이기 시작했다. 부채만 늘어났고 지금은 사모 펀드가 경영하고 있다. 기업이 선의만으로 성장하는 데는 한계가 있다는 점을 여실히 보여주는 사례다. 바꿔 말하면 착한 제품만으로는 성공할 수 없으며 아무리 좋은 의도를 가진 기업이라도 제품이 시원치 않으면 안 된다는 얘기다. 그래서 기업들이 성공하기 위해서는 소비자들이 원하는 것과 원해야 하는 것을 동시에 잘 맞춰줘야 한다.

맥도날드는 정크푸드의 대명사 같은 기업이다. 과거 맥도날드는 이런 오명을 벗기 위해 메뉴에 샐러드와 같은 건강식품을 추가했다. 건강식도 판다는 점을 강조했다. 이제 사람들은 '정크푸드를 먹으러 간다'라는 생각 없이 마음 놓고 샐러드도 파는 맥도날드를 갈 수 있게 됐다. 하지만 사람들이 맥도날드에 가서 주문하는 건 여전히 빅맥 세트다. 맥도날드는 사람들이 원하는 것을 팔아 주된 수익원으로 두면서 사람들이 원해야 하는 걸 사이드로 제공하는 셈이다. 원하는 것과 원해야 하는 것을 둘 다 충족한 사례라고 볼 수 있다.

사실 우리는 우리가 원하는 게 정확히 무엇인지도 모를 때가 많다. 2013년 구글은 뉴스를 전달해주는 '구글 리더'

서비스를 중단했다. 구글 리더는 사용자가 관심 분야를 표시하면 관련 뉴스를 RSS<sub>Really Simple Syndication/Rich Site Summary</sub>를 통해 알려주는 서비스였다. 하지만 사용자들이 실제로 원하는 뉴스와 원한다고 표시한 분야가 같지 않았을 가능성이 크다. 사실 나만 해도 관심사를 표시하라고 하면 정치, 경제, 사회 같은 지극히 당연하면서도 있어 보이는 항목에 표시하지만 아마도 가장 많은 시간을 들여 읽는 기사는 연예와 스포츠 뉴스가 아닐까 싶다.

원하는 게 뭔지 몰라도 크게 걱정할 필요는 없다. 요즘에는 기업들이 인공 지능을 동원해서 추천하기 때문이다. 넷플릭스도 유튜브도 사용자가 본 콘텐츠를 토대로 추천을 해서 계속 사용자를 플랫폼 안에 잡아둔다. 아마존은 '이 제품을 산 사람이 구입한 다른 제품'을 보여주면서 은근히 소비를 조장한다.

기업들은 어떻게 하면 자신의 제품과 서비스를 더 중독적으로 만들 수 있을까에 골몰하고 있다. 자신의 플랫폼 안에서 더 많은 시간을 쓰도록 유도한다. 그래서 원하는 것도 원해야 하는 것도 너무나 많은 세상이 됐다. 우리는 원하는 것과 원해야 하는 것 사이에서 길을 잃고 헤매고 있는 건 아닐까.

# 우아하게
# 쇠퇴하기

미국 테네시주에 있는 멤피스 국제공항은 한가하다. 한가하다 못해 약간 황폐할 정도다. 비행기가 없는 브리지가 많고 무빙워크를 따라 이동하는 사람도 손으로 꼽을 수 있다. 체크인도, 보안 검사도 얼마 걸리지 않는다. 국제공항이라는 이름이 무색하게 해외 항공편은 캐나다 토론토와 멕시코 칸쿤 행 두 곳뿐. 다른 미국 대도시 공항의 분주함과는 사뭇 다른 풍경이다.

　미국 대도시 공항들은 사람으로 넘쳐난다. 출국 때는 보안 검색대를 통과하는 데만도 진이 다 빠지곤 한다. 도착할 때도 입국 수속을 하고 짐을 찾으면 몇 시간이 훌쩍 간다.

게이트와 보안 검색대, 화장실 그리고 주차 시설을 더 짓기 위해 고민하는 공항도 많다. 이런 사람 많은 공항에 진절머리가 나는 사람들은 멤피스 공항을 보면서 쾌재를 부를지도 모르겠다. 하지만 멤피스 공항은 나름 큰 아픔을 겪었다.

10여 년 전만 해도 멤피스 공항은 환승객으로 넘쳐났다. 노스웨스트 항공사가 멤피스 공항을 미국 남부의 허브 공항으로 이용했기 때문이다. 그러나 2008년 델타 항공사가 노스웨스트를 인수한 뒤 모든 것이 바뀌었다. 멤피스에서 그리 멀지 않은 애틀랜타에 이미 허브 공항이 있던 델타는 남부의 허브로 멤피스가 아닌 애틀랜타를 선택했고 멤피스 공항은 그렇게 버려졌다. 2007년 1,100만 명에 이르던 공항 이용자 수는 2017년 400만 명으로 줄었다. 10년 동안 3분의 2에 가까운 승객이 사라진 셈이다.

공항은 이제 '고스트 타운'으로 불린다. 하지만 결국에는 현실을 받아들이는 수밖에 없었다.

우리는 성장에 익숙하다. 항상 어제보다 나은 내일을 꿈꿔왔고 실제로 많은 부분 그 꿈을 이뤄왔다. 한국 경제가 마이너스 성장을 한 해는 지난 반세기 동안 한 손에 꼽힌다. 하지만 이제는 성장세가 예전 같지 않다. 미래의 성장 가능성을 살펴보면 더 우울해진다. 경제가 성장하기 위해서는 인구가 늘고 자본이 축적되며 기술혁신이 일어나야 한다. 그런데 한국의 인구는 고령화되면서 줄어들고 있다. 다들 허리띠를 졸라매느라 내수 시장은 얼어붙었다. 수출은 예전만 못하고 투자도 줄고 있다. 생산성 하락은 꾸준하다.

한국 경제가 당장 성장을 멈출 가능성은 적지만 적어도 저성장과 정체에는 익숙해져야 할 시기가 된 건 분명하다. 더 잘살기 위해 노력하는 것도 중요하지만 주변 여건이 따라주지 않을 때는 '우아하게 쇠퇴하는' 현실을 받아들이는 것도 필요하지 않을까?

다시 멤피스 공항으로 돌아가보자. 멤피스 공항은 쇠퇴를 어떻게 받아들였을까. 공항은 원래 A와 B, C 세 개였던 탑승동을 하나로 줄일 준비를 하고 있다. 앞으로 3년 동안 B의 문을 닫은 후 리모델링을 통해 현대화 작업을 할 계획이다. 통로는 넓히고 편의 시설은 늘린다. 블루스 음악의 도시 멤피스답게 라이브 공연을 할 수 있는 무대도 만든다고 한다. 탑승동 B의 리모델링이 끝나면 A와 C는 닫는다. 철거하지는 않고 최소한의 관리만 할 예정이다. 혹시라도 나중에 쓸 일이 있을지도 모르는 일이니까. 일종의 '예비역'으로 두는 셈이다. 그러면 60개의 게이트가 줄어든다. 규모는 작지만 내실 있는 공항이 되기를 선택한 것이다. 나름 우아한 계획이 아닐 수 없다.

그런데 이 계획에는 돈이 든다. 공항은 B 탑승동 현대화에 무려 2억 1,900만 달러(약 2,300억 원)를 쓰기로 했다. 그렇다. 우아하게 쇠퇴하는 데도 비용이 필요하다. 일종의 구조 조정 비용이다. 한순간에 '훅'하고 가지 않기 위해서는 마음의 준비를 하고 금전적인 대비를 해야 한다는 얘기다.

독일의 몰락한 귀족 집안 출신인 알렉산더 폰 쇤부르크가 쓴 책 『우아하게 가난해지는 법』에는 포기를 통한 절약의 기술이 소개된다. 이를 위해서는 타인의 삶을 자신과 비교하는 건 금물. 대신 자기 자신의 삶을 열심히 들여다봐야 한다. 그리고 그 안에서 하나둘씩 포기를 해야 한다. 그러면 쇠퇴는 불행이 아니라 생활을 세련되게 만들 기회가 될 수도 있다는 설명이다.

역사에 드문 고속 성장을 한 현대의 한국인들에게 포기는 쉬운 일이 아니다. 집은 10평 대에서 20평, 30평대로 계속 늘려왔고 차는 배기량 1,500cc에서 1,800cc, 2,000cc, 2,400cc, 3,000cc로 늘려온 우리다. 뭐든지 커지고 늘어났지 작아지고 줄어들었던 적은 없었다. 그래서 받아들이기가 힘들다. 하지만 정체와 쇠퇴는 천천히 현실이 되어가고 있다. 언젠가는 받아들여야 한다면 하루빨리 받아들이는 편이 낫다.

경제적인 쇠퇴에만 준비가 필요한 건 아니다. 삶도 쇠퇴한다. 늙음과 죽음이 그렇다. 이어령 교수는 말했다. "젊은이는 늙고 늙은이는 죽는다"라고. 젊은이들은 자기가 안 늙을 줄 알고 늙은이들은 자기가 안 죽을 줄 알지만 누구나 늙고 누구나 죽는다. 부정을 해봐야 과정은 더 고통스러울 뿐이다. 마르가레타 망누손이 쓴 책 『내가 내일 죽는다면』에서 말하는 '데스 클리닝'부터 시작해도 좋을 것이다. 데스 클리닝은 죽고 나면 가족들이 짐을 정리하도록 하지 않고 죽음을 대비해 미리미리 물건을 정리하는 것을 의미한다.

우아하기만 한 정체나 쇠퇴는 사실 현실에는 존재하지 않을지도 모른다. 성장이 대개 영광스럽고 활력이 넘치는 것과 반대로 쇠퇴는 고통스럽고 슬프며 혼란스러우니까. 익숙한 것과의 결별은 대개 그렇다. 하지만 쇠퇴를 받아들일 마음의 준비를 한다면 그 과정을 조금은 우아하게 맞이할 수 있을 것이다. 멤피스 공항의 10년 후가 궁금해진다.

# 3
# 지속가능한 삶을 모색하는 사피엔스를 위한: 조금 다르게 생각하기 가이드

개인이든 기업이든 지속가능하지 않은 방식은
단기간에는 좋은 결과를 가져올 수도 있어도
장기적으로는 아무런 도움이 되지 않는다.
또 문제를 쉽게 해결할 수 있는 간단한 해결 방식을
누구나 원하지만 원 포인트 솔루션은 드물다.
내 몸 하나에도 적용할 수 있는 원 포인트 솔루션이
없는데, 복잡하기 짝이 없는 이 세상에는
웬만해서는 존재하지 않을 수밖에 없다.

## 조 바이든의
## 불운

〰〰〰〰

말을 더듬는 한 남자가 있다. 인터넷 회사에 전화를 해서 요금에 대해 문의를 하려 하지만 콜센터 직원은 그가 하는 말을 알아듣지 못하고 전화를 끊어버린다. 그는 머릿속으로 하려는 말을 여러 번 연습한 뒤 전화를 걸지만, 막상 말을 시작하려고 하면 말이 나오지 않는다. 첫마디를 계속 더듬을 뿐이다.

그래서 그는 일상의 웬만한 소통은 수화로 해결한다. 잘 아는 사람만 만난다. 일상은 제한돼 있고 단순하다. 그러던 그에겐 인터넷 채팅을 통해 호감을 갖게 된 여성이 생겼다. 둘은 6개월 동안 채팅을 하며 친해졌다. 키보드로 소통을 할 때 그는 말이 잘 통하는 친절한 사람이다.

이 여성은 그가 사는 도시에 올 일이 생겼다며 만나자는 메시지를 보낸다. 그는 갑자기 두려워진다. 그래서 답을 보내지 않았다. 만남은 불발된다. 연락은 뜸해졌다. 그는 좌절한다. 말더듬증 때문에 자신감이 없는 자신을 자책한다. 하지만 여성은 다시 연락해온다. 그는 이번에는 머릿속으로 그녀를 만났을 때 무슨 말을 할지 수천 번 리허설을 한다. 약속 날을 기다리고 그 말을 되뇌며 약속 장소에 나간다.

길 건너편에 서 있는 그녀. 마침내 길만 건너면 그녀를 만날 수 있다. 그때 지나가던 누군가가 그녀에게 말을 건다. 그녀는 수화로 답을 한다. 그녀는 언어 장애인이었던 거다. 그의 표정이 밝아진다.

2016년 단편영화 부문 아카데미상을 받은 「말더듬이 Stutterer」의 내용이다. 13분짜리 짧은 영화지만 말을 더듬는 이들의 아픔을 잘 그렸다는 평가를 받는다.

세상에서 말을 더듬는 사람은 약 7,000만 명. 여러 가지 요인이 복합적으로 작용하지만 유전적인 요인이 크다. 말을 더듬는 사람의 3분의 2가 집안에 말을 더듬거나 더듬었던 사람이 있는 것으로 나타났다. 말을 더듬는 사람은 불안하거나 겁이 많거나 또는 멍청하다고 여겨진다. 하지만 그렇게 간단하진 않다. 말을 더듬는 건 그 사람이 통제할 수 있는 일이 아니기 때문이다.

최근 미국의 대통령으로 선출된 조 바이든은 그런 말더듬이였다.

그가 가톨릭 학교에 다니던 중학교 1학년 때 일이다. 수업 시간에 돌아가며 책을 한 문장씩 읽었다. 머리가 좋았던 바이든은 미리 자신이 어떤 문장을 읽게 될지 계산한 뒤 그 문장을 외웠다. 외우면 읽는 것보다는 덜 더듬을 수 있었다. 하지만 완벽하게 말하진 못했다. 항상 약간씩 더듬었다.

아이들은 그를 놀려댔다. 그가 문장을 읽을 때마다 크게 한숨을 쉬거나 웃었다. 그가 더듬는 그대로 그를 따라 하는 아이도 있었다. 바이든은 밤마다 침대에 누워 천장을 보면서 좌절했다. 그러던 하루, 문장 속의 단어를 더듬은 바이든에게 선생님은 짓궂게 말했다.

"브-브-브-바-바이든, 그 단어가 뭐지?"

바이든은 바로 책을 덮고 일어나서 교실을 나와서 집으로 와버렸다. 바이든의 어머니는 바이든과 함께 학교로 돌아가 선생님에게 거세게 항의했다. 선생님이 다시 한번 자기 아들을 놀리면 가만히 있지 않겠다고. 아이들이 놀리는 것만으로도 벅찼던 시절이다.

바이든은 말더듬증 증세를 고치기 위해 부단히 노력했다. 누군가가 말더듬증은 안면 근육 경련 때문에 생긴다고 했다. 바이든은 밤마다 손전등을 들고 거울을 보면서 예이츠와 에머슨의 시를 운율을 살려 암송했다.

고대 그리스의 웅변가 데모스테네스에 대해 배운 뒤에는 그를 따라 했다. 입속에 자갈을 넣고 파도치는 바닷가에서 웅변 연습을 했던 그를. 바이든은 입속에 자갈을 넣고 집 밖에서 벽을 보고 큰 소리로 책을 읽었다. 한 번도 더듬지 않고 한 페이지를 다 읽을 때까지 멈추지 않았다.

이런 노력 덕분이었을까. 바이든은 말더듬증 증세를 이기고 학교에서 회장으로 선출된다. 공부도 잘하고 운동도 잘해서 인기도 많았다. 그리고 학교를 졸업한 뒤엔 직업 정치인이 된다.

이제 대통령이 된 바이든의 말더듬증 증세는 완전히 사라졌을까. 바이든은 그렇다고 말한다. 정치인에게 말더듬증 증세는 사형선고나 다름이 없으니까. 하지만 바이든은 지금도 피곤하면 가끔 말을 더듬는다고 인정한다.

사실 말을 더듬는 사람이 이를 숨기기 위해 말할 때마다 쓰는 정신적·육체적인 에너지는 엄청나다. 예를 들어 지난해 바이든은 자신이 부통령 시절의 대통령이었던 버락 오바마 전 대통령을 언급하면서 '오바마'라는 말 대신 '내 보스'라고 말했다. 언론에서는 바이든이 오바마의 이름을 잊어버렸다며 난리가 났다.

　하지만 전문가들에 따르면 노련한 바이든은 말을 더듬을 것 같으면 단어를 바꿔서 말을 한다. 오바마 대신 보스라는 단어를 쓴 건 말더듬증을 피하기 위한 노력일지도 모른다는 설명이다. 바이든은 가끔 명확하지 않게 말을 할 때가 있는데 이도 말더듬증을 피하려는 방편일 수 있다. 그가 말실수가 잦고 나이가 많아서 치매 증세가 있다는 의심도 여기서 나오지 않았을까 싶다.

　바이든은 "말더듬증 증세가 자신에겐 축복이 됐다"라고 말한 적이 있다. 말을 더듬지 않았으면 알지 못했을 타인의 고통을 헤아리는 공감 능력을 갖추게 된 덕분이다. 이는 교통사고로 전 부인과 딸을, 병으로 아들을 잃은 그의 경험과 합쳐져서 그를 남의 고통과 어려움을 헤아릴 줄 아는 사람으로 만들었다.

바이든은 또 말더듬증 때문에 누군가를 만나 말을 하기 전에 미리 할 말을 준비하고 생각하는 버릇을 갖게 됐다. '내가 이렇게 말하면 상대는 어떤 말을 할까'를 언제나 생각했다. 그렇게 매사를 준비한 덕분에 바이든은 다른 사람이 갖지 못한 인간관계에 대한 통찰력까지 갖게 됐다.

바이든은 자신이 말더듬증을 극복했다는 이미지를 강조해왔다. 치매 증상에 대한 의심에 대해서도 적극적으로 대처하지 않았다. 그가 좀 더 젊었을 때는 말더듬과 같은 장애가 숨겨야 하는 결점으로 여겨졌을 것이다. 하지만 2020년 현재는 말더듬이 극복해야 할 불운이 아니라 타인에 대한 깊은 배려를 가능하게 해준 혹독한 기회로 이해될 수 있을 것 같다. 사회의 거의 모든 분야에서 남을 이기고 앞서가는 능력보다 타인의 고통을 읽고 이해할 수 있는 능력이 더 중요한 시대이기 때문이다.

# 영어에는
# 눈치라는 단어가 없다

미국에서 태어난 한국인 소녀가 있었다. 부모님은 한국어를 사용했지만, 소녀는 제대로 한국어를 배울 기회가 없었고 영어를 주로 사용했다. 그런 소녀가 일찌감치 배운 한국어 단어가 있었으니 바로 '눈치'였다. 처음 눈치라는 말을 들은 건 "왜 이렇게 눈치가 없니?"라는 부모님의 꾸지람과 함께였다.

소녀는 열두 살에 한국으로 왔고 한국어를 거의 못했지만 한국 학교에 다녀야 했다. 선생님 말씀을 못 알아들으면 아이들이 어떻게 하는지를 보고 분위기를 파악해야 했다. 그렇게 소녀는 학교에서 눈치를 최대한 활용하기 시작했다. 1년

만에 성적을 최상위권으로 끌어올렸고 1년 반이 지나자 부회장까지 됐다. 소녀는 여전히 한국어는 잘 못했지만, 눈치 보는 능력 덕분에 학교생활을 잘할 수 있었다고 했다. 그리고 눈치라는 단어가 자신이 배운 가장 중요한 단어일지도 모른다고 했다.

소녀의 이름은 유니 홍. 예일대 철학과를 졸업한 뒤 미국에서 저널리스트이자 작가로 활동하고 있다. 이러한 경험을 바탕으로 그가 최근에 펴낸 책의 제목은 약간 도발적이다. 『눈치의 힘: 행복과 성공에 대한 한국인의 비밀The Power of Nunchi: The Korean Secret to Happiness and Success』(국내 미발간), 그러니까 눈치 보기가 한국 행복과 성공의 비밀이라는 얘기다. 뉴욕 타임스에 책의 내용을 바탕으로 「행복과 성공에 대한 한국의 비밀Korea's Secret to Happiness and Success」라는 칼럼을 쓰기도 했다.

저자는 눈치에 대한 예찬론을 펼친다. 눈치가 한국의 역사만큼이나 오래된 개념이며 한국에서는 눈치가 생활 속에 깊이 배어 있다고 설명한다. 한국의 교육은 눈치 교육이며 사람들과 잘 지내고 원하는 바를 얻어내거나 위험으로부터 자신을 지키기 위해서는 눈치가 필요하다고 역설한다. 눈치를 통해 개인주의를 내세우는 게 아니라 대세를 따르는 법을 배울 수 있다고 했다.

미국이나 서양 문화권에서 이런 눈치 예찬론은 분명 설득력이 있다. 눈치라는 말은 영어에는 없고 서양인들에게는 눈치에 대한 개념이 아예 없다. 저자가 칼럼에서 지적했듯이 가장 가까운 단어가 Empathy(공감) 또는 Emotional intelligence(감성 지능) 정도일 뿐이다. 이 단어들 또한 눈치라는 한국적인 정서를 전달하는 데는 분명한 한계가 있다. 그래서일까? 약간의 눈치 보는 방법을 익히면 서양 사회에서 살기가 조금은 편해질 수 있다. 남들과는 달리 분위기를 파악하고 대세에 따르는 태도를 보여줄 수 있으니까.

유니 홍과는 반대로 한국에서 태어났지만 미국에서만 학교에 다닌 내 첫째 딸아이는 내가 생각하는 보통 한국 아이와는 어딘가 다른 점이 있다. 부모와 언쟁을 해도 자신의 주장을 굽히지 않으며 내가 화가 났다는 시그널을 보내도 전혀 상관하지 않는다. 뭔가 타이를 때도, 화가 나서 혼을 낼 때도 아이는 내 눈을 똑바로 바라보면서 대답을 한다. 다른 집은 어떤지 모르겠지만 나는 부모가 "넌 도대체 왜 그러는 거냐?"라고 언성을 높이면 눈을 내리깔고 조용히 있는 것이 자연스러운 환경에서 자랐다. 하지만 내 딸은 그렇게 물어

보면 당당하게 설명을 시작한다. 말대답이나 변명이 아니고 자기가 왜 그런 행동을 했는지 진짜로 설명을 하는 것이다. 당황스러웠다. 그 당황스러움을 덮기 위해 더 큰소리로 화를 내면 아이도 더 큰소리로 설명을 한다. 아이는 자신을 변호하는 것이 당연한 미국에서 자랐기 때문이다. 눈치를 보지 않는 미국의 환경에서 자랐기 때문이었다.

한국과 미국 두 곳에서 다 일해본 경험이 있는 사람들은 하나같이 한국 사람들이 일을 더 잘한다고 말한다. "서양 애들은 자기 일만 해버리고 말아. 남의 사정은 상관도 하지 않고 말이지." 이 말을 돌려서 생각하면 한국 사람들은 눈치를 봐서 상사의 기분까지 잘 헤아리기 때문에 함께 일하기가 편하다는 얘기다. 반면 미국 사람들은 퇴근 시간이 지난 후에도 집에 안 가고 상사가 퇴근하기를 기다리는 직원을 이해하지 못한다. 자기도 눈치를 보지 않고 다른 사람이 눈치 보기를 기대하지도 않는다.

나는 평생을 어른과 상사들의 눈치를 보고 살았다. 나는 자라면서 모든 일은 어른들의 기분에 맞춰야 한다고 배웠다. 그냥 그렇게 해야 한다고 생각했다. 내 친구들도 그랬다. 집에서건 학교에서건 직장에서건 마찬가지다. 상사의 기분에 맞춰 일하고 선생님의 기분에 맞춰 행동했다. 다들 그렇게 하는 걸 좋아하는 것 같았다. 그리고 회사에서 후배들과 일을 해보니 내 기분을 잘 맞춰주는 후배가 좋았다. 눈치 빠른 후배가 일을 더 잘한다고 생각했다.

이처럼 나 또한 눈치 보기가 내재화된 한국인이다. 하지만 따지고 보면 눈치는 원칙이 없는 곳에서 번창한다. 사회적인 분위기와 상사의 기분에 따라 많은 것이 좌우될 때 눈치가 중요해지기 때문이다. 양육은 부모 기분따라, 교육 정책은 정권 기조따라, 업무는 상사 입맛따라 하다 보면 눈치 보는 게 중요해진다. 한국 사회의 많은 문제가 눈치 보기와 관련이 있다고 해도 지나친 과장은 아닐 것이다.

눈치를 잘 보는 것도 아주 가끔은 능력일 수 있다. 하지만 눈치라는 건 삶의 윤활유 정도로 사용해야지 눈치 보기가 주가 돼선 안 된다. 눈치에 의존하게 되면 진짜 실력은 키울 수 없기 때문이다. 눈치 보기는 우리 행복과 성공의 비밀이 아니라 앞으로 줄여나가야 할 나쁜 버릇일지도 모른다.

# 스마트 시대,
## 부자들은 인간관계에 돈을 투자한다

지금이야 흔한 게 노트북 컴퓨터지만 1980년대엔 집에 PC가 있으면 부자였다. 1984년에 출시된 애플 맥은 당시 2,500달러였다. 요즘 시세로 환산하면 6,000달러(약 680만 원)에 이르는 가격이었다. 요즘 나오는 가장 단순한 형태의 노트북인 크롬북은 400달러대(40~50만 원대)면 살 수 있다.

1990년부터는 부와 지위의 상징이 모바일 기기로 넘어왔다. 삐삐가 있으면 폼 나고 마치 사회적 지위가 높아지는 것 같았다. 그러다가 벽돌 크기의 휴대전화를 들고 다니는 사람들이 생겨났고 이후 휴대전화는 점차 작아져서 폴더폰이나 플립폰이 대세가 됐다. 삐삐는 천천히 자취를 감췄다. 스마트폰이 나온 뒤에는 어디 가서 폴더폰을 꺼내 들고 전화하면 모두가 쳐다본다.

전자통신기기가 비싸고 귀할 때는 소유가 하나의 특권이었다. 그렇지 않고서야 벽돌 같이 무거운 전화기를 들고 다닐 이유가 없었을 것이다. 전화 올 곳도 별로 없었을 텐데 말이다. 하지만 이젠 PC(데스크톱 또는 노트북)는 물론 스마트폰 없는 사람이 드문 세상이 됐다. 그뿐이 아니다. 세상에는 스마트폰과 태블릿, 모니터 등 다양한 형태의 화면(스크린)이 넘쳐난다. 스크린이 우리의 삶을 채우고 있다. 학교와 병원, 레스토랑, 공항, 역 등 어딜 가나 화면이 우리를 반긴다. 우리가 배우고, 살고, 죽는 모든 경험이 화면을 통해 이뤄지고 있다 해도 과언이 아니다.

왜 그럴까. 싸서 그렇다. 이제는 스크린 기기 자체도 싸졌지만, 그 스크린으로 교육 프로그램이나 정보를 제공하면 가격이 더 내려가게 된다. 반복 재사용이 가능하기 때문이다. 화면이 있는 전자통신기기는 이제 특권이나 부, 지위의 상징이 아니라 대중적인 소비재로 전락을 해버렸다. 그래서 부자들은 이제 화면이 달린 기기가 싫어졌다. 부자들은 자녀들이 컴퓨터게임을 하는 대신 진짜 벽돌을 쌓으면서 놀기를 원한다. 실리콘밸리에서도 전자 기기를 전혀 사용하지 않는 비싼 사립학교들이 인기다. IT 기업들은 수많은 심리학자와 신경과학자를 고용해 대중들의 눈을 붙들어두는 법을 연구하고 있지만 IT 기업 창업자나 CEO들은 자녀들에게 스마트폰을 사주지 않는다.

하드웨어뿐 아니라 소프트웨어도 마찬가지다. 페이스북이나 지메일, 유튜브 안에서는 부자나 빈자나 똑같다. 그리고 공짜다. 이런 편리하고 재미있는 광고 플랫폼들이 공짜인 이유는 우리와 같은 이용자가 결국 상품이기 때문이다. 이런 플랫폼에 오래 머물면 좋지 않다는 연구 결과가 나오고 있다. 부자들은 이러한 서비스도 이용하고 싶어 하지 않는다. 마치 수십 년 동안 인기를 끌었던 콜라와 담배를 몸에 좋지 않다며 부자들부터 끊기 시작한 것처럼.

대신 요즘 부자들은 인간과의 접촉을 원한다. 화면을 쳐다보지 않는 대신 비싸도 사람을 고용해서 배운다. 유튜브만 잘 찾아보면 뭐든지 배울 수 있는 세상이다. 하지만 부자들은 돈이 많이 들어도 직접 사람과 만나서 배운다. 종종 유행하는 소셜 미디어 디톡스나 이메일 안 보기와 같은 것도 사실 여유가 있는 사람이나 할 수 있는 일이다. 어디서 회사

대리가 이메일을 안 할 수가 있는가 말이다. 앞으로는 화면이 로봇이나 AI 비서, 홀로그램으로 형태는 바뀔 수 있겠지만, 기본적인 틀은 변함이 없을 전망이다. 중산층과 빈곤층은 화면과 기계에 삶을 의지하고 부자들은 인간과 대면하기 위해서 기꺼이 돈을 지급하는 세상이 된다는 얘기다.

이런 세상이 초래하는 문제는 절대 작지 않다. 우선 이미 다 알고 있는 얘기지만 하루에 두 시간 이상 화면을 보고 사는 어린이는 사고력과 언어 시험에서 낮은 점수를 받는 것으로 나타났다. 부모의 관리 감독 없이 화면을 많이 보고 사는 아이들은 학교 성적이 낮을 가능성이 크다는 의미다.

또 사람과의 대면 접촉에서 편안함을 느끼는 사람이 사회적으로 성공할 가능성이 커진다. 매일 컴퓨터게임을 하며 노는 아이와 화면 없이 인간에 둘러싸여 자라는 아이는 사람을 대하는 센스에 차이가 날 수밖에 없다. MIT의 심리학 교수인 셰리 터클은 저서 『외로워지는 사람들』에서 로봇을 친구로 여길 때 제일 먼저 잃게 되는 것은 '타자성', 즉 다른 이의 눈을 통해 세상을 보는 능력이라고 지적했다. 아무런 요구도 없는 로봇과의 관계에 익숙해지면 다른 사람들과 부딪히는 것이 부담스럽게 느껴질 수 있다. 반면 인간을 대해

본 경험이 많아 인간관계에서 편안함을 느끼는 상류층은 사람들 속에서도 편안할 가능성이 크다.

전 세계적인 베스트셀러 『팩트풀니스』에는 우리가 사는 이 세상이 생각보다 괜찮은 곳이라고 설명한다. 분명 수치로 보면 세상은 진보하고 있다. 전 세계적으로 빈곤층은 줄어들고 인간의 평균 수명은 늘어나고 있으며 전쟁이나 테러, 자연재해로 인한 사망자 수는 줄어들고 있다. 그럼에도 살기가 힘들어지는 듯한 이유는 뭘까? 왜 우리네 삶은 계속 팍팍해져만 가는 느낌일까?

모든 것의 근본이 되는 인간관계가 악화하고 있기 때문은 아닐까. 화면을 들여다보며 시간을 낭비하고 있지는 않은지, 매일 같이 인터넷 쇼핑으로 필요도 없는 물건을 사고, 소셜 미디어에서 타인과 나를 비교하며 살고 있지는 않은지 생각해볼 때다. 그리고 중요한 가족과 친구, 동료들과 더 많은 소통을 해야 할 때다. 그래야 인간과의 접촉이 사치품이 되는 말도 안 되는 사태를 막을 수 있지 않을까.

# 놀이터를 위험하게
# 만들어야 하는 이유

〰〰〰

말도 안 되는 얘기라고 할지도 모르겠다. 하지만 영국에서는 놀이터를 적당히 위험하게 만드는 움직임이 일어나고 있다. 영국의 몇몇 놀이터에서는 플라스틱 놀이기구들을 들어내고 대신 각목, 벽돌, 널빤지 그리고 타이어로 만든 그네, 모래사장, 나무 그루터기를 들여놨다. 아이들은 망치와 톱으로 뭘 만들다가 지겨우면 불을 피울 수도 있다. 물론 관리·감독은 엄격하게 한다. '조절된 위험'에 아이들을 노출하는 셈이다. 뉴욕 타임스는 영국이 어린이들의 근성Grit과 회복력Resilience을 키우기 위해 놀이터에 위험 요소를 도입하고 있다고 보도했다.

연간 100만 명이 넘게 찾는 런던의 '다이아나 공주 놀이 터Princess Diana Playground'에서는 다음과 같이 안내한다. "위험에 대한 판단력을 기를 수 있도록 조절된 놀이 환경에서 의도적으로 위험 요소가 제공됩니다."

수십 년 동안 어떻게 하면 아이들이 다치지 않고 놀게 할까를 고민하던 사람들이 최근 몇 년 사이에 방향을 급선회한 이유는 어린이 과보호가 너무 지나치다는 걸 인지했기 때문이다. 영국의 한 조사에 따르면 혼자 등교하는 아홉 살 아이가 1971년에는 85%였으나 1990년에는 이 비율이 25%로 떨어졌다고 한다.

전문가들은 적당한 위험이 아이들의 건강한 발달에 필요하다고 지적한다. 하지만 요즘의 부모들은 놀이터라기보다는 '놀이 감옥'에 가까운 곳에 아이를 넣어놓고 옆에 앉아서 노심초사 아이의 일거수일투족을 관찰한다. 아이에게 절대로 아무 일도 일어나지 않게 하겠다는 강력한 의지와 함께. 하지만 아이들에게 완벽한 환경을 만들어줄 수 있다는 믿음은 완벽한 아이를 만들어낼 수 있다는 믿음과 다를 바 없는, 위험한 환상에 지나지 않는다.

놀이터에 위험 요소를 도입할 수 있는 건 아이들이 어릴 때 제한적인 위험에 노출해주는 것이 앞으로 살아가는 데 도움을 줄 것이라는 사회적 믿음과 합의가 있기 때문이다. 위험 요소를 도입한 놀이터를 운영하는 영국의 리치몬드 애비뉴 초등학교 교장 선생님 데비 휴즈는 말한다. "과거의 학교는 규칙을 잘 지키고 하라는 대로 하는 아이들을 길러내도록 만들어졌어요. 하지만 미래에는 하라는 대로만 하고 규칙만 잘 지켜서는 성공하기 힘들어요. 다들 세상에 나가서 자기의 자리를 찾아야지요. 하지만 어릴 때 위험을 보여주고 감수하도록 가르치지 않으면 커서 위험을 배울 수 없습니다."

과보호는 실패를 감당하지 못하는 아이를 길러낸다. 실패를 감당하지 못하는 개인으로 이뤄진 사회는 시도조차 하지 않는 사회가 된다. 그리고 결국 실패를 용인하지 않는 문화가 형성된다. 아이들이 조금이라도 다치거나 실패하는 걸 견디지 못하는 사회적인 압박이 결국 아이들을 온실 속의 화초로 만든다.

하지만 실패와 사고를 철저하게 기억하되 용인하는 분위기는 사회 전반적으로 필요하다(물론 태만 또는 부주의, 불성실에 의한 실패까지 용서하라는 의미는 아니다). 기업도 마찬가지다. 스탠포드 경영대학원의 제프리 페퍼와 로버트 서턴 교수는 직원들이 잘해보려 하다가 일어난 실패나 실수는 용서하되 그 원인과 과정은 기억해서 같은 실패를 반복하지 않도록 해야 한다고 지적했다. 실패는 "용서하되 기억해야 한다"라고 요약할 수 있겠다.

1930년대에 IBM의 한 임원이 모험적인 일을 벌이다가 회사에 1,000만 달러의 손실을 입혔다. 당시로써는 엄청난 금액이었다. 임원은 사표를 들고 당시 IBM 회장이었던 토머스 왓슨을 찾아갔다. "책임을 지고 회사를 떠나겠습니다." 왓슨 회장은 임원에게 말했다. "너무 심각하게 생각하지 말게. 회사는 지금 당신을 교육하는 데 1,000만 달러를 투자한 것이네. 가긴 어딜 가나."

실패를 경험한 사람은 깨달음을 얻는다. 놀이터에서 놀다가 조금 다친 아이도 깨달음을 얻는다. 아이들을 손끝 하나 다치지 않게 하려고 과보호를 하는 건 반대로 생각하면 위험에 대처하는 아이들의 기본적인 지능을 믿지 못한다는 것이나 다름이 없다. 이젠 우리도 뿌리 깊은 과보호에서 벗어나 조절된 위험에 아이들을 내놓아야 할 때가 된 건 아닐까.

# 아이를 스마트폰에서
자유롭게 하는 법

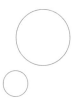

요즘 미국 유치원생들은 하루에 네 시간 이상을 스마트폰이나 태블릿을 들여다보는 데 쓴다. TV를 보는 걸 포함해 이런 활동을 통틀어 '스크린 타임'이라고 한다. 1970년대에는 네 살이 되어야 일상적인 스크린 타임을 시작했다. 그런데 이제는 4개월 된 아기들도 화면을 들여다보고 있다.

예전에는 TV만 끄면 됐는데 요즘엔 스마트폰에 태블릿에 주변에 스크린이 너무 많다. 부모들은 아이에게 스크린 타임을 얼마나 줘야 하는지 고심한다. 전환이 빠른 화면을 보고 있는 게 아이들 뇌에 나쁜 영향을 준다는 연구가 많아서 되도록 적게 보여주고 싶지만 부모가 조금이라도 쉬려면 아이에게 스크린 타임을 어느 정도는 줄 수밖에 없다. 아이들은 조금이라도 더 보기 위해 안달이다. 이렇게 밀고 당기기가 시작된다. 일정 시간이 지나면 화면이 꺼지는 애플리케이션도 있다.

그런데 사실 아이들의 정상적인 발달을 위해서는 아이가 아니라 부모의 스크린 타임을 조절해야 한다고 한다. 이게 말이 되는 얘긴가? 애를 못 보게 해야 하는데 왜 부모더러 보지 말라는 걸까.

요즘 부모들은 자녀와 많은 시간을 함께 보낸다. 일하는 엄마가 많아졌지만 사실 지금의 부모들은 역사상 가장 많은 시간을 자녀와 함께 보내는 세대다. 그런데 정작 함께 보내는 시간의 질은 그다지 좋지 않다. 몸은 함께 있지만 마음은 다른 곳에 가 있기 때문이다. 스마트폰을 들여다보며 건성으로 아이와 소통하는 것이다.

엄마나 아빠와의 일대일 대화는 아이 뇌의 기본적인 체계를 세우는 역할을 한다. 아이와 부모가 주고받는 대화는 테니스에서 한쪽이 서브하고 다른 한쪽이 리턴하는 것에 빗대 서브 앤드 리턴Serve and return 스타일 커뮤니케이션이라고도 불린다. 아기와 소통을 하는 장면을 상상하면 쉽다. 아기에게 말할 때는 보통 과장된 말투로 이야기하고 열정적으로 반응하며 단순한 문법을 사용해서 높은 톤으로 말한다. 다른 사람이 보면 손발이 오그라들 수도 있지만 아기는 까르르 웃는다. 한 연구에 따르면 한 살 무렵에 이런 식으로 소통을 한 아기는 두 살이 됐을 때 그렇게 하지 않은 아기보다 두 배로 많은 단어를 알고 있었다.

하지만 무조건 열정적으로 과장되게 말을 한다고 되는 건 아니다. 9개월 된 아기들에게 중국어를 가르쳐봤다. 한 그룹은 사람이 직접 가르쳤고, 다른 그룹은 똑같은 내용을 비디오를 통해 보여줬다. 사람이 직접 가르친 아기 그룹이 특정 음성 요소를 더 잘 구별했다. 중요한 건 '관계'다. 어른과 직접 자연스럽게 주고받는 대화는 아이들의 뇌에 주는 보약이나 다름없다.

하지만 어른의 손에 스마트폰을 쥐여주면 상황이 달라진다. 아이를 앞에 두고 '이메일만 확인해야지'로 시작되는 어른의 스크린 타임은 '인스타에 누가 뭘 올렸네'에서 페이스북 포스팅과 카톡 대화로 이어진다. 이런 스마트폰 사용을 아이가 방해하면 쉽게 짜증이 난다. 아이의 요구 사항도 잘 못 알아챈다. 아이는 단순히 부모의 관심을 받고 싶을 뿐인데 스마트폰에 정신이 팔린 부모는 아이가 못되게 군다고 느낀다.

반면 아이는 답답하다. 아이에겐 전부나 다름이 없는 엄마나 아빠가 다른 데 정신이 팔렸으니까. 그래서 필요한 관심을 받기 위해 무엇이든 한다. 울고 소리 지르고 물건을 집어 던진다. 전문가들은 어른들이 계속 이렇게 스마트폰을 사용하면 앞으로 공공장소에서 난리 치는 아이가 더 많아질 것이라고 예측한다. 아이들은 이러다가 결국 포기한다. 대화는 둘이 하는 것이지 혼자서는 할 수 없기 때문이다. 아이들이 사춘기가 되니 갑자기 변했다고 토로하는 부모가 많은데, 사실 그 씨앗은 아이가 어렸을 때 부모의 스크린 타임과 함께 뿌려졌을 가능성도 있다. 더 무서운 건 이렇게 부모의 성의없는 대응 속에서 자란 아이들이 커서 어떻게 될지 아직 아무도 모른다는 점이다.

부모로서의 어려움을 모르지 않는다. 아이의 스크린 타임을 제한하는 건 비교적 쉬운데, 나 자신의 스크린 타임을 줄이는 건 너무도 어렵기 때문이다. 아이가 케이크를 못 먹게 하는 게 내가 맥주 한 캔을 참는 것보다 쉬운 것과 같은 이치다.

미국인들은 하루 평균 76번 스마트폰을 들여다본다고 한다. 나는 더했으면 더했지 덜하지는 않았을 것이다. 그래서 고민 끝에 1년쯤 전에 집 인터넷을 끊었다. 그러니 모든 게 해결되었다. 인터넷에 연결되지 않은 디지털 기기를 들여다보는 것만큼 재미없는 일은 없으니까. 나는 이전에 글에서 인터넷을 끊은 후의 일상에 대해 이렇게 적었다.

인터넷을 끊은 뒤 우리 집은 뭐가 바뀌었을까. 밥을 천천히 먹는 둘째 아이는 밥을 먹을 때 식사를 마친 내가 식탁에 끝까지 앉아 있어주기를 바란다. 예전에는 노트북 PC를 들여다보면서 앉아 있어줬다. 지금은 가만히 멍 때리면서 같이 앉아 있다. 내가 들여다보는 스크린이 사라졌을 뿐인데 아이는 훨씬 더 좋아한다. 자기를 보아준다고 생각하기 때문이다. 아이들은 가만히 봐주는 것만으로도 안정감을 느낀다. 아이들의 질문에 건성으로 대답하던 내 버릇도 사라졌다. 내가 인터넷을 하느라 아이의 질문에 대충 답을 하면 아이는 항상 "진심으로 말 좀 해봐"라고 말하곤 했다. 물리적으로 그 공간에 함께 있기는 했지만 마음은 거기 없었던 셈이다. 지금은 아이와 함께 물리적으로나 정신적으로나 그곳에 있다. 적어도 질문 내용 파악도 하지 않은 채 건성으로 "응, 알았어"라고 말하진 않는다. 그리고 가끔 크롬브라우저에서 인터넷이 되지 않을 때 나오는 공룡이 점프하는 게임을 함께 즐긴다.

아이에게 뽀로로를 조금 보여줘도 괜찮다. 어느 세대든 아이들은 약간의 무관심 속에서 더 잘 자란다. 바쁠 때 아이가 방해하면 저리 가라고 해도 괜찮다. 일이 먼저일 때도 있는 법이다. 피곤하면 놀아줄 수 없으니 나가 놀라고 해도 괜찮다. 부모도 사람이다. 하지만 아이와 함께 있을 땐 절대로, 절대로 스마트폰을 들여다보지 말아야 한다.

# 냉장고만 파 먹으면
## 얼마나 버틸 수 있을까?

미국에서 11월 15일은 '냉장고 청소의 날(Clean Out Your Refrigerator Day)'이다. 휴일은 아니다. 사실 아는 사람보다는 모르는 사람이 더 많은 날 중 하나일 것이다. 가전업체 월풀이 남는 음식이 많이 생기는 추수감사절(11월 넷째 목요일)을 앞두고 냉장고를 미리 비우라는 의미로 1999년에 정했다고 한다.

이날은 냉장고 안을 깨끗이 닦는 청소도 청소지만 유통기한이 지난 음식, 언제 샀는지 기억도 안 나는 그런 오래된 음식들을 버리는 날이기도 하다. 그런데 이날을 적극적으로 홍보하는 곳은 월풀이 아니라 코스트코 같은 대형 유통업체다. 이유는 간단하다. 냉장고를 비우면 더 많은 음식을 사다가 냉장고에 채울 수 있으니까. 오래된 먹거리는 버리고 새로 사서 채우라는 얘기다. 다만 오래된 음식을 버리는 건 맞아도 새로 채우는 건 한번 생각해볼 필요가 있다.

미국 애틀랜타에 사는 제프 시나바거는 어느 해 연말에 선물 쇼핑을 하다가 신용카드로 1,600달러를 긁었다. 다음 달에 청구서가 날아왔고, 돈을 메우기 위해 허리띠를 졸라매고 한 달 동안 음식을 사지 않기로 작정한다. 대신 냉장고와 냉동실, 주방 찬장에 있는 음식들을 샅샅이 먹어 치우기로 했다. 이른바 '냉파(냉장고 파 먹기)'를 시작한 거다.

냉장고는 물론 냉동실에서는 각종 고기와 빵, 있는지도 몰랐던 냉동식품들이 나왔고, 찬장에서는 국수, 통조림, 팬케이크 믹스가 나왔다. 하나씩 먹어 치웠다. 버터가 없으면 올리브유를 썼고, 소스 없이 스파게티 면만 먹기도 했다. 한 달 정도 이렇게 먹어 치우다 보면 음식이 떨어질 줄 알았다. 그런데 그게 아니었다. 그는 집에 있던 먹거리로 7주 동안 147끼를 해결했다. 시나바거는 냉장고를 비우고 인생이 변했다고 했다. 그가 쓴 책 『이너프: 이 정도면 충분해』에 나오는 내용이다.

누구나 비슷한 경험이 한두 번은 있지 않을까. 도대체 언제 샀는지 기억이 없는 갈치 한 도막을 냉동실에서 찾아 구 워봤더니 푸석푸석해서 도저히 못 먹었던 적이 있다. 집안 사람들을 취재해본 결과 적어도 4년은 된 갈치였다는 결론 이 나왔다. 4년이라니……. 또 나중에 먹으려고 넣어둔 만 두를 못 찾아 결국은 포기했는데, 며칠 뒤에 상한 걸 냉장고 안에서 발견해 버려야 했던 적도 있었다. 냉장고의 구조상 오래된 음식일수록 잘 안 보이는 안쪽으로 밀려 들어가고 새 음식은 잘 보이는 앞쪽에 위치하게 되기 때문이다. 아무 리 음식을 보존해주는 냉장고라지만 우리는 냉장고를 너무 믿고 의존하는 건 아닐까. 뭘 사 넣었는지, 어디에 넣었는지 도 잊어버릴 정도로.

약간 충격을 받아 우리 집도 대대적으로 냉파를 시도해 봤다. 시나바거처럼 새로운 음식을 하나도 사지 않은 건 아 니지만 최소한만 샀다. 그리고 '창의적인' 요리를 통해 어떻 게 해서라도 냉장고를 먼저 비우려고 했다. 창의적으로 요 리를 하다 보면 맛이 이상한 음식을 먹게 될 수도 있지만 반 대로 상당히 만족스러운 퓨전 요리가 얻어걸리는 수도 있 다. 예를 들면 자두를 피자에 올려 굽거나 고추장을 넣은 비 빔국수에 타이 요리처럼 땅콩버터를 넣어 먹는 건(매운맛을 중화시켜준다!) 꽤 괜찮은 선택이라는 걸 알게 됐다. 반면, 채소를 볶을 때 아보카도를 넣거나 파스타 소스에 호박 퓌레를 넣으면 별로 좋은 맛이 나지 않는다는 걸 알게 됐다.

이렇게 해서 냉장고를 거의 다 비운 뒤부터는 냉장고가 50% 이상 차면 더 식료품을 사지 않고 냉장고 파 먹기를 시작하는 것을 원칙으로 정했다. 그리고 절대 해 먹을 수 있는 게 없어야 마트에 갔다. 마트에서도 꼭 필요한 먹거리만 샀다. 그 뒤로 썩어서 버리는 음식은 나오지 않았다. 냉동실에서 정체불명의 먹거리가 나오는 일도 사라졌다.

그런데 이 밖에도 뜻밖의 결과를 얻은 게 있다. 우선, 쓸데없는 음식을 사지 않다 보니 냉장고나 찬장에 간식을 사다 놓지 않게 됐다. 집에 간식거리가 없으니 불필요하게 냉장고 문을 열어보는 일이 줄었고(열어봤자 먹을 게 별로 없으므로) 체중 조절이 조금 쉬워졌다. 둘째, 냉장고와 찬장에 여유가 생기니 집 안 정리나 청소하기가 한결 편해졌다. 너저분하게 널려 있는 식료품들이 일단 사라지자 그 모습이 보기 좋아서 불필요한 음식을 더더욱 안 사게 됐다. 셋째, 냉장고뿐 아니라 삶의 모든 소비에 있어서 정당한 선이 어디인지를 고민하게 됐다.

요즘엔 집 안에 먹을 게 넘쳐나면서 냉장고를 하나 더 구매하는 집이 많은 듯하다. 전력거래소의 2013년 조사에 따르면 일반 냉장고 보급률은 가구당 1.04대, 김치냉장고는 0.86대다. 김치냉장고엔 김치만 넣어놓는 게 아니므로 사실상 냉장고 보급률은 거의 가구당 평균 두 대에 가깝다고 보면 된다. 5년여 전 수치라는 점과 늘어나는 1인 가구 비율을 고려하면 냉장고를 세 대 이상 가진 집도 많다는 계산이 나온다. 냉장고를 하나 더 사는 대신 집 안에 먹을거리를 조금만 사다 놓고 효율적으로 음식을 해 먹으면 공간을 훨씬 잘 활용할 수 있고 쓸데없이 많이, 자주 먹는 일도 줄일 수 있다. 상해서 버리는 음식도 줄어들 것이다.

뉴욕 타임스 찰스 두히그 기자가 쓴 책 『습관의 힘』에는 핵심 습관Keystone Habit이라는 말이 나온다. 핵심 습관은 다른 습관과 연쇄 반응을 일으켜 다른 좋은 습관을 끌어내는 습관을 말한다. 핵심 습관으로 인해 시스템이 만들어지고 변화가 생긴다.

가장 대표적인 것이 운동이다. 꾸준히 운동하는 사람은 더 건강하게 먹고 일을 더 열심히 하며 타인에게 더 너그럽고 심지어 신용카드도 덜 쓰는 것으로 나타났다. (한국에서는 참 어려운 일이지만) 온 가족이 저녁 식사를 함께하는 집의 아이들은 성적이 더 좋고 감정 조절을 더 잘하며 자신감도 더 높은 것으로 조사됐다. 담배를 끊는 것도 핵심 습관과 관련이 있다. 담배를 끊음으로써 건강해지고 사람들과 더 잘 어울릴 수 있으며 생산성을 높이고 돈도 절약할 수 있다.

냉장고를 비우는 일이 하찮아 보일지도 모르겠다. 하지만 냉장고를 비움으로써 따라오는 많은 변화의 득실을 따져보면 냉장고를 비우는 일이 인생을 바꾼다는 표현은 결코 과장이 아니다. 적어도 우리 집에서는 냉장고 비우기가 핵심 습관이었다고 할 수 있다. 냉장고뿐이 아니다. 책상 정리를 하거나 아침마다 이불을 개는 것이 인생을 바꿀지도 모를 일이다. 작고 사소해 보이는 일에서 큰일이 시작된다는 진리를 다시금 깨닫는다.

# 하고 싶은 일을
# 찾겠다는 헛된 망상

~~~~~~~~~

흔히 젊은이들에게 "해야 할 일을 하지 말고 하고 싶은 일을 하라", "열정을 찾아라" 하고 조언하곤 한다. 그런 말을 들을 때마다 "내가 진정으로 하고 싶은 건 뭘까?" 스스로 물어보곤 했다. 이런저런 답들이 머릿속을 맴돌았지만, 열정을 쏟아붓고 싶은 분야가 딱히 떠오르지 않았다. 어려서부터 그저 남들이 하는 대로, 부모님이 바라는 대로 하는 게 편했다.

하고 싶은 일이 확실한 사람은 이해가 안 될지 모르겠지만, 나처럼 태어난 사람에게 원하는 것을 찾으라고 하는 건 고문에 가까운 일이다. 그래서 어느 순간 원하는 것 찾기를 포기했다. 그러자 이상하게도 마음이 편안해졌다. 그리고 어떤 분야든 즐겁게 들여다볼 수 있게 됐다. 과학과는 담을 쌓은 문과생인데, 과학 관련 서적들이 재미있어졌고, 사는 곳 주변에 나무가 많으니 산림학에 관심이 생겼다.

그러다가 월간지 애틀란틱에 실린 「열정을 찾으라는 터무니없는 조언Find Your Passion' Is Awful Advice」이라는 글을 읽게 됐다. 1990년 이후 영어로 출판된 책에 열정을 찾으라는 말이 등장하는 횟수는 아홉 배로 늘었다고 한다. 모두가 열정을 찾기 위해 혈안이 돼 있다. 하고 싶은 일을 찾으면 자연스레 열정이 불타며 만사가 해결된다고 믿는다. 열정을 찾으라는 얘기와 함께 "진정으로 사랑하는 일을 찾으면 다시는 일을 할 필요가 없다" 같은 멋진 말도 많이 쓴다.

하지만 예일–싱가포르 국립대의 폴 오키프 교수, 스탠퍼드대의 캐롤 드웩과 그레그 월튼 교수에 따르면 열정은 '찾는' 게 아니다. 개발하는 거고, 만드는 거다. 열정을 찾으라는 말은 처음부터 잘못된 얘기였던 셈이다. 세 명의 교수는 관심사 고정 이론과 관심사 성장 이론을 대비한다. 고정 이론은 사람은 태어나면서부터 핵심적인 관심사가 정해져 있으므로 그것을 발견하기만 하면 된다는 이론이다. 반면 성장 이론은 누구나 자신의 관심사를 만들어갈 수 있다고 믿는다.

　관심사 고정 이론을 믿는 사람은 두 가지 약점을 갖고 있다. 우선 관심사가 정해져 있다고 믿는 사람은 자신의 관심사와 맞지 않는다는 고정관념 때문에 흥미로운 분야나 새로운 기회를 놓치기 쉽다. 관심사가 이미 정해져 있으니 한눈을 팔 필요가 없다는 생각을 하기 때문이다. 하지만 어느 한 분야에 지속적인 열정을 갖기 위해서는 시간과 노력을 들이고 개발하는 과정을 거쳐야 한다. 하루아침에 열정이 생기지는 않는 법이니까. 월튼 교수는 "만약 열정을 가진 분야가 이미 있고 이를 찾기만 하면 된다고 생각한다면 그건 미친 생각이나 다름없다"라고 말한다.

　고정 이론을 믿는 사람들의 또 다른 문제는 너무 쉽게 포기한다는 점이다. 무언가가 어려워지면 "이건 내 길이 아니구나"라고 단정 짓기 쉽다는 얘기다. 실제로 고정 이론을 믿는 사람들은 열정을 추구하는 일이 때로는 어려울 수도 있다는 사실을 받아들이지 않았다. 그들은 열정을 추구하면 무한한 동기부여가 된다고 믿었다.

　하지만 아무리 좋아하는 일이라 하더라도 일을 하다 보면 때로는 귀찮고 싫은 경우는 어떻게든 생기기 마련이다.

이런 귀찮음과 게으름을 열정이 아니라는 신호로 받아들이는 것만큼 어리석은 일도 없을 것이다. 앞서 언급한 "진정으로 사랑하는 일을 찾으면 다시는 일을 할 필요가 없어진다"와 같은 말은 반대로 일을 하는 느낌이 드는 일을 하면, 그 일을 사랑하지 않는다는 뜻이 된다. 단지 일을 하는 것 같은 느낌이 든다는 이유로 새로운 일을 찾아 나선다는 건 뭔가 잘못돼도 크게 잘못된 게 아닐까.

신경과학도 관심사 성장 이론의 손을 들어줬다. 관심사 발달을 연구해온 스와스모어대 K. 앤 레닝거 교수는 "신경과학에 따르면 관심사는 도움을 받아 개발될 수 있다는 사실이 확인됐다"라고 말했다. 이는 적절한 도움만 받으면 누구나 어떤 분야든 관계없이 관심을 가질 수 있다는 얘기다. 레닝거 교수에 따르면 8세 이전의 아이는 새로운 일을 쉽게 시도해본다. 8~12세에는 자신의 능력을 또래 아이들과 비교해보고 자기가 잘 못하는 것 같으면 불안해 한다. 이때가 아이들이 특정 주제에 대한 흥미를 잃지 않도록 새로운 방법을 적용할 수 있는 적절한 시기인 셈이다.

꼭 아이들뿐만이 아니다. 성인도 얼마든지 새로운 분야에 흥미를 느낄 수 있다고 교수들은 설명한다. 내 주변엔 아이들을 별로 좋아하지 않았는데, 첫째 아이를 낳은 후 아이를 잘 키워보고 싶다는 생각이 들어 공부하다가 교육심리학 박사학위까지 딴 지인이 있다. 학부에서는 교육학이나 심리학과는 관련이 없는 분야를 전공한 사람이다.

돌이켜 보면 나는 관심사 고정 이론의 피해자다. 내가 좋아하는 분야가 이미 정해져 있다고 믿었고, 찾기만 하면 된다고 생각했다. 하지만 잘 찾을 수 없었다. 그래서 헤매다가, 열정은 아니지만 나름 재미있어 보이는 직업을 선택했고 즐겁게 일했다. 열정을 찾지는 못했지만, 개발은 한 셈이다. 하지만 처음부터 열정이 불타지 않았다는 이유로, 또 내게 열정이 없는 것처럼 느껴져 자괴감이 들었던 적도 많았다. 그러다가 열정 찾기를 포기했고(즉, 관심사 성장 이론으로 갈아탔고), 그 뒤로는 어떤 분야든 편견을 버리고 보려고 노력 중이다.

그러니 앞으로 젊은 세대건 누구에게건 절로 열정이 불타는 분야를 찾으라는 조언은 하지 않았으면 좋겠다. 열정은 찾는 게 아니고 만들어가는 거니까.

# 바람직한
# 어려움

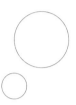

우리를 죽이지 못하는 건 우리를 강하게 만들 뿐이다.

- 니체

"이 글꼴로 공부를 하면 기억이 더 잘된다"라고 주장하는 글
꼴이 개발됐다. 기억력 향상을 염두에 두고 만든 세계 최초
의 글꼴이다. 이름은 '산스 포게티카Sans Forgetica'. 망각이 없
다는 의미다. 호주 로얄 멜버른 공과대학Royal Melbourne Institute
of Technology, RMIT 연구팀이 2018년에 발표한 작품이다. 디자
이너와 행동과학자로 이뤄진 이 연구팀은 여러 글꼴을 만들

어 400명을 대상으로 실험했다. 그 결과 산스 포케티카가 기억을 유지하는 데 효과적인 글꼴이라는 사실을 밝혀냈다.

## Sans-Forgetica

글꼴의 특징을 한번 살펴보자. 보통의 이탤릭체와는 반대로 왼쪽으로 기울어져 있다는 점이 눈길을 끈다. 하지만 가장 특이한 건 글자 중간중간을 끊어놓았다는 점이다. 글자에 구멍이 뚫려 있는 것 같아서 어떤 글자인지 알아보기가 쉽지 않다. 쉬운 퍼즐을 풀면서 읽는 느낌이 들 정도로 글을 읽기가 여간 불편한 게 아니다.

이런 불편함이 바로 이 글꼴이 기억을 돕는 방식이다. 일부러 읽기 어렵게 만들었다는 얘기다. 뇌가 정보를 처리할 때 작은 어려움을 극복하면 기억을 더 잘하기 때문이다. 작은 장애물을 넘으면서 글을 읽다 보면 두뇌가 더 부지런히 일한다고 한다. 익숙하지 않은 문자를 볼 때 사람들은 머릿속으로 그 낯선 모양을 이해하려고 읽는 속도를 늦춘다. 각 단어에 머무는 시간이 길어진다. 이 과정에서 두뇌는 더 많은 시간 동안 깊이 있는 인지 작용을 한다. 이런 과정을 겪으면서 두뇌는 기억을 잘하게 된다는 설명이다. 학습할 때 적당히 어려워야 기억이 잘된다는 '바람직한 어려움Desirable Difficulty'의 법칙과도 비슷한 얘기다.

물론 산스 포게티카도 약점이 있다. 이 글꼴 개발자들은 사람들이 계속 이 글꼴로 읽다 보면 너무 익숙해져서 기억력 향상을 돕지 못할 수 있다고 지적했다. 중요한 부분, 외워야 하는 부분만 이 글꼴로 표기하는 것도 한 방법이다.

꼭 이 글꼴로만 공부해야 기억이 잘되는 건 아니다. 심리학자 다니엘 오펜하이머는 두 가지 상상의 동물을 만들어 하나는 폰트 크기 12의 회색 Comic Sans(덜 일반적인 폰트를 대변하는 폰트)로 다른 하나는 폰트 크기 16의 검은색 Arial(일반적인 폰트)로 설명해 인쇄했다. 사람들은 폰트 크기 12의 회색 Comic Sans로 된 동물 설명을 87% 기억했지만 폰트 크기 16의 검은색 Arial로 된 동물 설명은 73% 기억해냈다. 이 역시 읽는 데 어려움이 있었던 쪽이 기억을 더 잘한 셈이다.

약간은 어려워야 좋다는 점에서는 미하이 칙센트미하이의 '몰입 이론'도 비슷하다. 몰입은 '무언가에 흠뻑 빠져 심취해 있는 무아지경의 상태'를 말한다. 몰입을 잘할수록 사람들은 인생을 더 즐기고 행복하게 살며, 다양한 상황에서 더 잘 대처할 수 있다.

그런데 이런 몰입은 능력을 최대한 발휘해야 하는 일에 도전할 때 잘 이루어진다. 특히 강렬한 몰입은 압박이 있는 상황에서 발생한다. 잠시도 한눈을 팔지 못하고 매 순간 정밀한 주의를 기울여야 할 때 몰입이 잘된다는 얘기다. 즉, 조금은 어려운 일을 해야 몰입을 잘할 수 있다.

무언가를 온전히 내 것으로 소화하려면 어려움이 따라야 한다는 점은 참 재미있고 인간적인 아이러니가 아닐 수 없다. 우리의 뇌는 어려움을 피하려 무진 애를 쓰기 때문이다. 무슨 일이든 가장 쉽게 하려고 하기 때문이다. 인지심리학에서는 이를 '최소 노력의 원칙'이라고 부른다. 인간은 생각하는 시간을 줄이고, 어려움을 피하는 지름길을 사용하기 위해 갖은 애를 쓴다.

그러니 뭔가 일이 너무 어렵고, 잘 안 풀린다 싶으면 괴상한 글꼴의 산스 포게티카를 생각해보면 어떨까. 어쩌면 올바른 길로 가고 있다는 의미일 수도 있으니까. '우리를 죽이지 못하는 건 우리를 강하게 만들 뿐'이라는 니체의 말도 있지 않은가(니체는 천재가 맞는 것 같다).

# 행복과 만족의 차이 ①
# 하버드의 비참한 동창들

─────────────

─────────────

─────────────

『습관의 힘』을 쓴 베스트셀러 작가이자 뉴욕 타임스 기자인 찰스 두히그는 하버드 비즈니스 스쿨HBS 졸업생이다. 그는 2018년 여름 HBS 졸업 15주년 기념 동창회에 갔다가 이상한 점을 발견했다. 동창들이 그다지 행복하지 않다는 점을 알게 됐기 때문이다. 심지어 어떤 동창들은 행복하지 않은 정도가 아니라 오히려 비참하다고 해야 할 정도의 삶을 살고 있었다.

투자자들에게 고소를 당한 투자 관리자나 사내 권력 다툼에서 밀려난 CEO, 파트너에게 회사를 빼앗긴 창업자는 극단적인 경우라고 치자. 그렇지 않은 동창들도 주로 승진에서 밀린 신세와 불만만 많은 자녀, 이혼 변호사에게 줘야 할 엄청난 금액에 대해 한탄했다. 재미도 없고 의미도 없는 회사 일에 대해서도.

HBS는 세계 최고의 경영대학원 중 하나다. 두히그 기자는 HBS에 합격한 날을 인생 로또를 맞은 것에 비유했다. 앞으로는 의미 있는 일을 하고 돈을 많이 벌면서 순탄하게 살 것이라는 기대에 차 있었다. 하지만 졸업 15년 후 미국 사회의 엘리트로서 인생의 전성기를 구가하고 있어야 할 동창들은 의외로 불행했다.

두히그 기자가 특별히 언급을 많이 한 친구는 연기금에서 투자를 담당하는 친구였다. 그는 하루도 빼놓지 않고 매일 무조건 500만 달러(약 56억 원)를 투자해야 하는 일을 하는데, 일이 너무 싫고 함께 일하는 사람들도 너무 싫어서 그만두고 싶어 한다. 하지만 연봉은 120만 달러(약 13억 5000만 원)로 엄청나게 많다. 연봉이 절반으로 줄어들지만 일은 재미있어 보이는 스타트업으로 옮기고 싶어 아내에게 얘기를 꺼냈다. 하지만 아내는 코웃음만 쳤다고 한다.

극단적인 예일 수 있겠다. 정말이지 배부른 소리를 하는 것 같기도 하다. 하지만 일에 대한 만족도는 미국이나 한국이나 계속 떨어지고 있는 게 사실이다. 1980년대 중반 미국인의 61%가 직업에 만족했다. 이 수치는 계속 떨어져 직업에 만족하는 미국인은 2010년 43%로 조사됐다. 왜 이렇게 직업에 대한 만족도가 떨어지는 걸까. 기본적으로는 길어진 근무 시간, 사내 정치, 치열해진 경쟁, 인터넷으로 인한 쉼 없는 근무 환경 등을 꼽을 수 있다. 하지만 가장 문제가 되는 건 갈수록 많은 사람이 일에서 '의미'를 찾지 못하고 있다는 점이다.

급여는 매우 중요하지만, 자신과 가족을 먹여 살릴 수 있을 정도로 벌면 그 이상은 직업 만족도에 미치는 영향이 적었다. 사람들이 바라는 건 직무의 자율성과 함께 일하는 사람들과의 유대감이었다. 존경할 만한 사람들과 일을 하고 자신이 존중을 받는 것이 중요했다. 물론 어떤 직업이 좋은지는 사람마다 다르다. 주 60시간 이상을 일하면서 항상 공짜로 식사를 하지만 너무 바빠서 난자를 냉동 보관하는 구글 직원이 더 나은지, 시골에서 창업해서 꿈을 향해 다가가고 있지만 사무실 청소 같은 일까지 모두 혼자서 해결해야 하는 사람이 더 나은지는 모른다. 하지만 하나 분명한 건 직업은 단순히 돈을 벌기 위한 수단이 아니라 의미가 있고 목적이 있어야 한다는 점이다. 일에 대한 의미 부여가 무엇보다도 중요하다는 얘기다.

2001년 예일대 에이미 브제스니에프스키 교수와 미시건대 제인 더튼 교수는 대형 병원에서 일하는 청소부 중에 열심히 일하는 사람들에 관한 연구를 했다. 연구에 따르면 일에 의미를 부여한 청소부들이 더 열정적으로 일을 하는 것으로 나타났다. 예를 들어 머리를 다쳐 혼수상태에 빠진 환자 병동에서 일하는 한 청소부는 자기 일을 단순한 청소가 아니라 환자들을 돕는 일로 생각해 더욱 열심히 일했다. 다른 청소부는 다친 자녀를 둔 상심한 부모를 위해 같은 방을 두 번 청소하기도 했다. 이처럼 어떤 종류의 노동이든 의미를 부여하면 더 열심히 하게 되지만 실제로 직원들의 일에 의미를 부여하려고 노력하는 기업은 드물다고 브제스니에프스키 교수는 지적했다.

두히그 기자는 HBS 동창회에 참석한 동창들이 대부분 불행해 보였지만 그들 사이에서도 나름 행복해 보이는 동창들을 발견했다. 보수도 좋고 보람도 있는 괜찮은 직업을 가진 친구들이었다. 이들의 공통점이 뭘까. 놀랍게도 그들은 HBS를 졸업했을 당시 원하는 직장을 얻지 못했다는 공통

점을 가지고 있었다. 원하는 직장이 아니라 어쩔 수 없이 잡은 직장에서 일을 시작한 사람들이었다. 쉽게 말하면 좌절을 겪은 사람들이었던 셈이다.

그렇다고 행복한 직장 생활을 위해서 꼭 좌절을 겪어보라고 할 수는 없는 일이다. 한 번의 실패에서 헤어나오지 못하는 경우도 많으니까. 다만 그들이 겪었을 좌절과 어려움이 그들을 같은 일에도 더 감사하게 만들었을 수 있다. 아니면 더 열심히 일하게 만들었을 수도 있었을 것이다. 어쩌면 의미부여에 있어서만큼은 많은 부분이 마음가짐에 달려 있는지도 모르겠다.

## 행복과 만족의 차이 ②
## 원할수록 목마르다

⌇⌇⌇⌇⌇⌇

20년도 넘은 옛날, 유학생 시절 일이다. 캐나다 밴쿠버에 있는 한 꽃집에 꽃을 사기 위해 들어갔다. 50대로 보이는 꽃가게 주인아저씨는 큰 소리로 노래를 부르며 꽃을 손질하고 있었다. 신기해서 물었다. "뭐가 그렇게 기분이 좋으세요?" 바쁜 손놀림 사이 안경 너머로 나를 슬쩍 한번 쳐다본 아저씨는 신이 나서 이야기를 시작했다.

"내가 원래 공대생이었어. 그런데 공대생들이 보통 뭘 하는지 알아? 문제를 해결하지. 문제를 해결하려면 생각을 많이 해야 돼. 엔지니어가 돼서 평생을 얼굴을 찡그려가며 문제를 해결할 생각을 하니까 별로 하고 싶지 않더라고."

"그래도 꽃집 주인과 엔지니어는 거리가 좀 많이 먼 것 같은데요?"

"뭐 그럴 수도 있지. 하지만 꽃집을 하면 얼굴을 찡그리는 손님은 만날 일이 없어. 꽃을 사러 오는 사람은 대부분 좋은 일로 꽃을 사러 오거든. 그런 행복한 사람들을 보면 나도 기분이 좋아질 수밖에 없지. 자넨 어떤 꽃을 사러 왔나? 좋은 일로 온 거 맞지?"

20대 초반의 대학생이었던 나는 직업과 행복에 관한 꽃집 아저씨의 엄청난 통찰을 제대로 이해하지는 못했던 것 같다. 꽃다발을 받아 들고 가게를 나오면서 '참 재미있는 아저씨네'라는 생각을 한 정도다. 아마도 당시 내 머릿속은 대학을 졸업하면 돈을 많이 버는 직장을 잡아서 멋진 여자와 결혼을 하고 자식을 낳고 출세의 가도를 달리는 상상으로 가득 차 있지 않았을까 싶다. 그러면 행복은 저절로 따라와 줄 것으로 생각했다. 어쩌면 행복이라는 건 인생 목표에 아예 없었는지도 모르겠다. 이제 인생 시작이라고 믿는 20대 초반에 행복에 대해 깊이 생각하는 사람은 많지 않으니까.

기억의 저 뒤편에 있던 이 일화가 갑자기 생각이 난 이유는 꽃을 다루는 플로리스트의 87%가 일할 때 행복하다고 답했다는 영국의 한 설문 조사 결과를 봐서다. 이들보다 돈을 훨씬 많이 버는 변호사는 64%만이 행복하다고 답했다. 이 설문은 행복 전문가 폴 돌란 런던 정치경제대학London School of Economics의 행동과학 교수가 가디언지에 2019년 1월 기고한 글에 등장한다.

돌란 교수는 우리가 부와 성공에 대한 사회적 내러티브의 함정에 빠져서 행복하지 못하다고 설명한다. 여기서 사회적 내러티브란 우리가 일반적으로 생각하고 행동하는 방식을 말한다. 권력 구조와 문화, 법률, 가족, 미디어, 역사는 물론 진화의 힘으로 강화되어 온 규범을 이른다. 사회적 내러티브에 따르면 부와 성공은 아무리 많아도 더 있는 게 좋다. 어느 정도 부와 성공을 갖게 되면 '이 정도면 됐어' 하고 멈출 수 있어야 하는데, 우리의 사회적 내러티브는 계속해서 더 많은 부와 성공을 원하게 만든다. 문제는 멈출 수 없다면 절대로 행복해질 수 없다는 데서 시작된다.

이전 글 「행복과 만족의 차이① 하버드의 비참한 동창들」에서도 언급했지만 돈은 일정 수준 이상을 넘어서면 그보다 더 많아진다고 더 행복해지지 않는다. 돌란 교수에 따르면 그 수준은 연 5만 파운드(약 7,500만 원)다. 한술 더 떠서 모두의 예상과 달리 1년에 약 1억 원 이상 버는 사람이 1년에 약 2,500만 원 이하로 버는 사람보다 결코 더 행복하지 않은 것으로 나타났다. 또 가장 연봉이 높은 사람들이 일에서 의미를 잘 찾지 못했다. 어쩌면 모든 것을 가지면 하는 일이 의미 없게 느껴지는지도 모르겠다.

그러면 성공에 대한 사회적 내러티브는 어떨까. 많은 사람은 자발적으로 오랜 시간 일을 한다. 열심히 일해야 성공한다는 사회적 내러티브의 설득력이 너무도 크기 때문이다. 하지만 일에서 의미를 찾는 행복한 사람들은 일주일에 21~30시간만 일하는 것으로 나타났다. 30시간이 넘어가면서부터는 일하는 시간이 늘수록 불행이 커졌다. 물론 이는 미국 통계로 국내와는 상황이 좀 다를 수 있겠다. 요지는 돈이 너무 많을 필요가 없듯이 행복하기 위해서는 가능하다면 일도 너무 많이 하지 말라는 얘기다.

노벨 경제학상을 받은 저명한 인지심리학자인 다니엘 카너먼 교수는 행복에 관해 비슷한 이야기를 조금 다른 방식으로 한다. 그는 행복Happiness과 만족Satisfaction을 구분한다. 행복은 순간적이며 금방 사라지는 감정이고 만족은 오랜 시간 동안 원하는 삶을 살기 위해 노력해서 목적을 달성하면 느끼는 감정이다.

예를 들어, 행복을 느끼기 위해서는 친구들과 시간을 함께 보내면 좋다. 반면 만족을 느끼려면 친구를 덜 만나야 한다. 고시에 합격하는 것과 같은 큰 목표가 있는 사람은 친구를 만나는 데 많은 시간을 할애하지 않는다. 그러니까 만족감은 사회적 목표를 이루고 다른 이들의 기대에 부응하는 것과 관련이 깊다. 카네만 교수는 "여러 가지 사실을 종합해 봤을 때, 사람들은 행복이 아닌 만족을 원하며, 이 때문에 인간은 행복을 추구하는 것과 완전히 다른 삶을 산다"라고 말했다.

카네만 교수의 이러한 통찰은 이해가 가지 않았던 우리의 행동에 대해 명쾌한 설명을 해준다. 예를 들어 휴가를 가게 됐다고 치자. 만약 휴가는 즐겁게 다녀올 수 있지만, 휴가 뒤에는 기억이 모두 사라지고 사진 한 장도 남지 않게 된다고 하면 어떻게 될까? 많은 사람은 휴가를 가지 않을 것이다. 이는 우리가 어떤 일을 하는 이유는 나중에 돌이켜 볼 수 있는 만족스러운 기억으로 남기기 위해서라는 사실을 보여준다. 이에 반해 사람들은 즐겁게 지내는 것 자체에는 큰 관심이 없다. 현재의 소셜 미디어가 주도하는 문화에 대한 설명도 가능하다. 우리는 순간을 즐기기보다는 그 순간을 남들에게 자랑하기 바쁘다. 좋아하는 사람들과 시간을 보내기보다는 친구와 팔로워 수에 집착한다. 하지만 이는 궁극적으로 우리를 비참하게 만들 뿐이다.

정리하자면 이렇다. 우리는 살아가면서 우리 자신의 내면의 목소리에 귀를 기울이기보다는 남들이 정해놓은 잣대와 사회가 지정하는 방식에 따르는 것을 편안해 한다. 하지만 많은 경우 이는 우리의 행복과는 배치되는 일이다. 우리는 어렸을 때부터 열심히 공부해서 좋은 대학을 가고 좋은 직장에 취직해 돈을 많이 벌고 성공해야 하며 사랑하는 배우자와 결혼해서 자식 낳고 검은 머리가 파뿌리 될 때까지 살아야 한다고 배웠다. 이런 사회적 내러티브에 대해 의문을 가진 적은 없다. 당연하다고 여겼다. 하지만 진짜로 행복해지기 위해서는 어느 정도 관습을 깰 필요가 있으며 사회적인 규범에도 조금은 저항을 해야 할 필요가 있다. 정말이지 행복해지기가 보통 쉽지가 않은 셈이다.

밴쿠버의 꽃집 아저씨가 보통 사람이었다면 공대를 졸업하고 엔지니어가 돼 얼굴을 찡그려가며 세상의 문제들을 해결했을 것이다. 그게 만족감을 줬을 것이고, 사회적 내러티브에도 부합한다. 하지만 그는 그 길을 가지 않고 일반적인 규범에 저항하면서 행복한 사람들을 상대하는 꽃집을 차렸다. 그리고 행복한 마음으로 노래를 부르며 꽃을 손질한다.

마음속으로 꽃집 아저씨가 되어본다. 20대의 나라면 당연히 엔지니어가 돼 오만상을 찌푸리며 세상의 문제를 해결하겠다고 나섰을 것 같다. 하지만 20년이 넘게 지난 지금 다시 선택할 수 있다면 나는 당연히 꽃집을 택하겠다. 꽃을 사러 오는 사람들은 대개 행복한 사람들이고 항상 행복한 사람들을 만날 수 있다는 건 복 받은 사람만이 할 수 있는 일이라는 걸 알게 됐기 때문이다.

사람마다 선택은 다를 것이다. 다만 자신의 선택이 행복을 위해서인지, 만족감 때문인지, 아니면 진정으로 자신이 원해서인지, 또는 사회가 정해줬기 때문인지는 알고 선택을 해야 하지 않을까. 그게 진정한 행복이나 만족의 출발점이 될 수 있을 테니까.

## 가난한 사람이 머리가 나쁜 게 아니고
## 가난한 상태가 머리를 나쁘게 만든다

아이 앞에 마시멜로를 하나 놓아두고 말한다. "15분 동안 이거 안 먹고 기다리면 하나 더 줄게." 그리고 방을 나간다. 나가자마자 바로 먹는 아이가 있는가 하면 15분을 꾹 참고 기다렸다가 하나를 더 받는 아이도 있다. 잘 기다리다가 불과 몇 분을 남기고 먹어버리는 아이도 있다. 아이들이 나이가 든 후 추적해봤더니 오래 기다린 아이들이 시험을 더 잘 봤고 더 잘살고 있었다. 마시멜로 실험의 요지는 이렇다. 마시멜로를 먹고 싶은 유혹을 오래 참는 아이일수록 의지력이나 인내심이 강하기 때문에 나중에 공부를 더 잘하고 인생에서 성공할 확률이 더 높다는 것이다. 이른바 '만족 지연'

능력 덕분이다.

마시멜로 실험만큼 유명한 사회과학 실험이 또 있을까. 특히 한국인에게는 더더욱 그렇다. 우리의 교육관은 기본적으로 마시멜로 실험을 바탕으로 하고 있다. 부모들은 하나같이 고3 때까지 모든 걸 꾹 참고 공부만 열심히 하면 좋은 대학에 가서 인생을 잘살 수 있다고 자녀들에게 이야기한다. 물론 많은 부모가 '좋은 대학=행복한 인생'이라는 공식이 절대적인 사실은 아니라는 걸 안다. 하지만 좋은 인생을 살 확률을 높일 수 있다는 이유 하나로 우리는 최면에 걸린 듯이 마시멜로 이야기를 신봉하고 아이들에게 강요한다.

이런 마시멜로 실험 결과에 의문을 제기하는 연구Revisiting the Marshmallow Test 결과가 2018년 발표됐다. 뉴욕대 타일러 와츠 교수와 캘리포니아 어바인대의 그레그 덩컨, 하오난 꽌 교수는 마시멜로 실험을 다시 해봤다. 1960년대에 진행된 오리지널 실험 과정에 미심쩍은 부분이 있었기 때문이다. 원 실험은 653명의 유치원생을 대상으로 벌였다. 하지만 이중 미국 대학입학자격시험SAT 점수를 확인한 수는 94명, 40대까지 추적을 한 인원은 약 50명에 불과했다. 게다가 아이들은 모두 미국의 최고 명문 대학 중 하나인 스탠퍼드대 캠

퍼스 안에 있던 유치원에 다니고 있었다. 아이 대부분이 스탠퍼드대 교수나 교직원, 대학(원)생을 부모로 뒀음을 알 수 있다.

　새로 진행된 실험은 900명이 넘는 어린이를 대상으로 진행됐다. 다양한 인종의 어린이와 여러 계층의 가정환경, 경제 수준을 가진 어린이를 포함시켰다. 절반 이상은 대학 교육을 받지 않은 부모를 둔 아이였다. 결과는 원래 마시멜로 실험 결과와 달랐다. 요약하자면, 꾹 참았다가 두 번째 마시멜로를 받은 아이들이나 기다리지 않고 바로 눈앞의 마시멜로를 먹은 아이들이나 나중에 커서 치른 시험 성적에 통계적으로 유의미한 차이가 없는 것으로 나타났다. 즉, 어린아이가 마시멜로의 유혹을 참아낸다고 해서 나중에 꼭 성공한다고 단정할 수는 없는 셈이다.

　그런데 교수들은 뭔가 다른 걸 또 발견했다. 마시멜로의 유혹에 넘어가는 아이와 잘 참는 아이의 차이는 만족을 지연시킬 수 있는 의지력이 아니라 사회·경제적 배경이나 가정환경의 차이에서 나온다는 점이었다. 가난한 집 아이는 마시멜로를 빨리 먹어버리는 경향이 강했기 때문이다. 이는 아이들의 과거 경험에서 비롯된 습성일 수 있다. 가난한 집 아이들은 있을 때 먹지 않으면 다시 먹지 못할 수도 있다는 걸 안다. 경제적 여유가 없는 부모들은 다음에 꼭 사준다는 약속을 지키지 못하기도 한다. 반면 넉넉한 집 아이들은 지금 먹지 않더라도 마시멜로든 아이스크림이든 초콜릿이든 결국에는 언제든 먹을 수 있다는 믿음을 가지고 있다. 마시멜로의 유혹을 참는 게 그다지 어렵지 않다는 얘기다.

실험 결과에 많은 시사점이 녹아 있다. '금수저'와 '흙수저'의 시각으로 볼 수도 있고, 갈수록 커지는 빈부의 격차에 관해 이야기할 수도 있겠다. 과거보다 풍족해진 사회·경제적 여건 덕분에 이제는 작은 간식에 대한 참을성이 절대적으로 중요한 가치는 아니게 됐다고 설명할 수도 있을 것이다. 하지만 마시멜로를 빨리 먹은 아이들의 관점에서 분석하면 '결핍Scarcity'이라는 키워드가 적절할 수 있다.

당장 눈앞의 마시멜로가 사라질지도 모르는 상황에서 두 번째 마시멜로에 대해 걱정하는 건 이 아이들에겐 어불성설이다. 아르바이트로 가족을 부양하는 미국의 극빈층 10대들은 평소에 굶더라도 월급날이면 맥도날드에서 햄버거를 사 먹고 옷과 염색약을 산다. 이들 나름대로의 '씨발 비용'인 셈이다. 또 저소득층 부모들은 고소득층 부모에 비해 단

것을 사달라는 자녀들의 요구에 쉽게 굴복한다.

가난함에는 미래를 걱정할 여유가 파고들 틈이 없기 때문이다. 하버드대 경제학과 센딜 멀레이너선 교수와 프린스턴대 심리학과 엘다 샤퍼 교수가 쓴 『결핍의 경제학: 왜 부족할수록 마음은 더 끌리는가』에 따르면 가난한 환경에서 자란 아이들은 장기적인 계획을 세우기보다는 단기적인 보상에 집착하는 것으로 나타났다.

책의 내용은 이렇다. 시간에 쫓기는 사람, 돈에 쪼들리는 사람, 다이어트를 하는 사람의 공통점은 필요로 하는 것보다 적게 가진 사람들이다. 즉, 결핍 상태에 있다. 결핍되어 있을 때 우리는 부족하다는 생각에 사로잡혀서 다른 생각을 하지 못한다. 결핍감이 사고방식을 지배한다. 오로지 결핍을 제어하는 데만 초점을 맞추고 집중한다. 이러한 결핍감 덕분에 집중력을 발휘해 종종 효율이 높아지기도 하지만 어떤 한 가지에만 집중한다는 것은 다른 것들을 무시한다는 뜻이기도 하다.

인도의 사탕수수 농부를 보자. 이 농부들은 1년에 단 한 번 수확 시기에 돈을 받는다. 수확 직후에는 돈이 많다. 하지만 돈은 금방 없어지고 다음번 수확기까지 빈곤하게 지낸다. 이 농부들의 수확 한 달 전과 한 달 후의 정신적 상태를 살펴봤더니 수확 이전의 IQ가 수확 이후 IQ보다 9~10% 낮았다. 스트레스 지수 역시 수확 이후 현저하게 낮아졌다. 수확 이전 몇 달 동안 돈에 쪼들리는 바로 그 결핍의 상태가 농부들의 지능을 떨어뜨리고 스트레스 지수를 높였다.

결핍은 결핍을 낳는다. 돈이나 시간 모두 마찬가지다. 가난한 사람은 멍청해서 가난한 게 아니라 가난이라는 환경 자체가 주는 정신적 고충 때문에 더 가난해진다. 바쁜 사람은 삶을 조율할 줄 몰라서 바쁜 게 아니라 바쁠 때 당장 중요하지 않은 일은 미봉책으로 땜질하기에 계속 바쁠 수밖에 없다.

누구나 가난해질 수 있고 누구나 바쁜 삶에서 헤어나오지 못할 수 있다. 이를 피하려면 결핍과 풍족함의 사이를 왔다 갔다 하며 둘을 능동적으로 이용하라고 책은 설명한다. 이 중 세 가지만 추려봤다.

### ① 단기 마감을 정해라

결핍감이 주는 집중력을 이용하려면 일을 할 때 하나의 큰 마감을 정해두지 말고 단기적인 여러 번의 마감을 정하는 것이 좋다. 돈도 마찬가지다. 인도의 사탕수수 농부들이 1년에 한 번 돈을 받는 대신 여러 번에 나누어 받았으면 극도로 돈에 쪼들리는 일은 일어나지 않았을 것이다.

### ② 되도록 적게 신경 써라

끊임없이 신경을 써야 하는 일은 가능하면 한 번만 신경 쓰고 끝내도록 한다. 고기를 덜 먹고 싶으면 장을 볼 때 아예 고기를 사지 말아야 한다. 이미 산 고기를 먹을지 안 먹을지 고민할 필요가 없다. 의지력은 근육과 같아서 많이 쓰면 피로해진다. 매월 돈을 내는 게 귀찮으면 자동이체를 이용한다.

### ③ 결핍에 대비하라

처음부터 결핍인 경우는 드물다. 프로젝트 초기엔 시간이 많고 월급날 당일은 돈이 좀 있다. 이렇게 풍족할 때 결핍에 대비해야 한다. 일종의 결핍 방지를 위한 완충장치다. 프로젝트 마감이 가까워져 오면 일정을 조정해서 미리 시간적인 여유를 확보하는 것이 좋은 예. 비상금을 모아두는 것도 생각보다 매우 중요하다.

말로는 쉽지만, 행동으로 옮기기는 만만치 않을 수도 있겠다. 하지만 한번 결핍에 몰리면 비 올 때 우산까지 빼앗기는 것과 마찬가지가 된다. 맑은 날에 미리 여분의 우산을 준비해둬야 한다.

## 관대한 아이가
## 성공할 확률이 더 높은 이유

자녀에 관한 한 부모는 말과 행동이 다른 족속이다. 자녀가 어떤 아이가 됐으면 좋겠냐는 질문에 90%가 넘는 부모는 친절하고 사려 깊은 아이가 됐으면 좋겠다고 답했다. 하지만 질문을 틀어서 아이들에게 하면 전혀 다른 답이 나온다. 부모가 뭘 원하는지 아이들에게 물으면 81%가 성적과 행복을 원한다고 말한다.

아이들은 거짓말을 하지 않는다. 아이들이 그렇게 답을 하는 이유는 부모가 하는 말을 듣는 게 아니라 부모가 하는 행동을 보기 때문이다. 아이들은 부모의 관심을 끄는 요소가 무엇인지를 너무 잘 안다. 부모 대부분은 아이들에게 매일 같이 시험은 잘 봤는지, 몇 등을 했는지를 묻는다. 아무리 사려 깊은 아이가 되라고 가르치고 싶어도 학교에서 친구를 도와줬는지, 어떤 착한 일을 했는지는 묻지 않으면 아이는 친절함이나 사려 깊음에는 신경을 쓰지 않는다.

사실 부모로서는 어찌 보면 당연한 일이다. 부모는 자식을 착하고 사려 깊은 아이로 키웠으면 좋겠다고 생각하지만 실질적으로는 내 아이가 공부를 잘해서 성공하고 그래서 삶이 주는 행복감을 많이 누렸으면 하고 바라는 게 일반적인 부모의 마음이다. 하지만 알고 봤더니 실제로는 사려 깊고 친절한 아이가 더 성적이 좋으며 그런 아이는 주변의 아이들까지 성공할 확률을 높여준다고 한다.

미국 펜실베이니아대 와튼 스쿨 교수이자 베스트셀러 작가인 애덤 그랜트는 최근 부인 앨리슨 스위트 그랜트와 함께 미국의 시사 월간지 『애틀랜틱』에 쓴 글 「성공적인 아이로 키우려 하지 말고 친절한 아이로 키워라Stop Trying to Raise Successful Kids And Start Raising Kind Ones」에서 아이에게 공부를 잘하라고 독려할 게 아니라 친절하고 사려 깊은 아이가 될 수 있도록 교육해야 한다고 지적했다.

이미 세상에는 친절함이 조금씩 자취를 감추고 있다.

미국의 대학생을 대상으로 매년 이뤄지는 설문에 따르면 1979년에 비해 2009년에는 공감 능력과 남에 관한 생각이 크게 떨어진 것으로 나타났다. 또 미국의 열두 개 도시에서 길바닥에 떨어진 편지를 사람들이 어떻게 하는지 조사한 결과 2001년에 비해 2011년에는 편지를 주워서 우체통에 넣어주는 비율이 10% 떨어진 것으로 나타났다.

부모들이 자녀를 키우는 방식도 이런 현실을 반영한다. 자녀가 공부를 잘하면 의기양양한 부모가 되고 공부를 못하면 실패한 부모가 된다. 그 와중에 친절과 사려 깊음은 끼어들 틈이 없다. 눈 감으면 코 베어 가는 처절한 경쟁의 시대에 친절함은 나약함과 동일시되기까지 한다. 친구와 동급생들이 아무리 착해도 소용이 없고 성적을 잘 받아야만 칭찬을 받는 현실을 보면서 아이들은 친절과 사려 깊음에 대해서는 아무 생각이 없어진다.

사실 어린아이들은 천성적으로 남을 도와주기를 좋아한다. 어린아이들이 상을 차리거나 어지른 걸 치우는 등 부모를 도와주려고 하는 걸 자주 봤을 것이다. 다만 이런 나이의 아이들이 도와주는 건 보통 일을 더 어렵게 만들기 때문에 부모는 아이들이 도와주는 걸 막는 경우가 많고 결과적으로 아이들이 도와주기를 꺼리게 된다는 맹점이 있을 뿐이다. 이런 상황과 현실 속에서 아이들에게 친절은 선택이 아닌 귀찮은 일이 되어버리고 만다.

하지만 그랜트 교수는 이를 바꿀 수 있다고 설명한다. 뭔가를 나누기를 강요받은 아이들보다 나눌 수 있는 선택권을 받은 아이들이 나중에 더 관대해질 가능성이 약 두 배 높은 것으로 나타났다. 이에 더해 다른 사람을 돕는 아이들이 그렇지 않은 아이들보다 결국에는 더 많은 걸 성취한다는 연구 결과도 많다. 유치원 선생님으로부터 남을 잘 돕는다는 평가를 받은 아이는 30년 뒤에 돈을 더 많이 버는 것으로 조사됐다. 같은 반 친구를 더 잘 돕고 협력을 잘하는 중학생이 그렇지 않은 중학생보다 나중에 더 성적을 더 잘 받는다. 또 초등학교 3학년 때 선생님이나 동급생들로부터 잘 도와준다는 평가를 받은 아이가 중학교 2학년 때 성적이 제일 좋았다.

이뿐이 아니다. 부모가 좋은 대학을 가거나 공부를 잘하는 것보다 남을 잘 돕고 친절하며 공손한 사람이 되는 것이 더 중요하다고 여긴다고 생각하는 중학생이 학교 성적이 더 좋으며 규칙을 더 잘 지키는 것으로 나타났다.

이는 다른 사람에 관한 관심이 협력적인 관계를 구축하고 우울증을 막기 때문이다. 또 타인에 대한 배려심이 있는 아이는 교육을 사회에 기여하기 위해 준비하는 과정으로 생각해 학교생활을 더 잘한다. 결과적으로는 관대한 사람이 연봉이 더 높으며 고과도 더 잘 받고 승진도 더 빨리한다. 다른 사람을 도우면서 더 많이 배우고 더 깊은 관계를 맺으며 이는 결국 창의성과 생산성으로 이어지기 때문이다.

그랜트 교수는 말한다. 아이가 친절하고 사려 깊게 행동한다고 해서 성취가 방해받는 건 아니며 오히려 더 많은 성취에 도움을 줄 수 있다고. 부모는 자녀의 성적으로 평가를 받는 게 아니라 자녀가 어떤 사람이 되고 다른 사람을 어떻게 대하는지를 보고 평가를 받아야 한다고.

물론 요즘 같은 세상에 아이에게 성적 대신 착함을 요구하는 건 쉽지만은 않은 일이다. 하지만 아이에게 시험 점수를 묻기 전에 학교에서 어떻게 남을 도왔는지를 한번 물어보는 게 좋은 시작이 될 수 있지 않을까 싶다.

# 운을 부르는
# 세 가지 키워드

～～～～～～

'불타는 매운맛Flamin' Hot' 치토스는 미국에서는 하나의 문화 현상이었다. 이에 관한 힙합 노래가 있는가 하면(유튜브에서 무려 1,600만 번 조회됐다) 가수 케이티 페리는 핼러윈에 이 스낵으로 분장을 하기도 했다. 매운맛은 치토스의 주력 라인이 됐다. 새우깡 매운맛이 오리지널 새우깡을 제친 격이다. 그런데 이 매운맛 아이디어는 미국 치토스를 만드는 식품 기업인 프리토-레이의 마케팅 부서나 제품 개발 부서에서 나온 것이 아니다. 공장 청소부의 아이디어였다.

리처드 몬타네즈Richard Montañez는 멕시코에서 태어나 미국 캘리포니아 남부의 이민자 노동 캠프에서 자랐다. 어려서부터 열 명의 형제·자매와 와인용 포도를 땄다. 몬타네즈의 가장 큰 문제는 영어를 잘 못한다는 점. 그래서 고등학교를 졸업하지 못했고 어려서부터 여러 직업을 전전했다. 닭 도살장에서도 일하고 정원을 가꾸는 일도 했다. 그러다가 치토스와 감자칩으로 유명한 식품회사 프리토-레이 공장의 청소부로 취직이 됐다. 청소 트럭을 몰겠다는 꿈을 가지고 있던 소년에겐 썩 나쁘지 않은 직업이었다. 그는 정말 열심히 일했다.

그러던 어느 날 미국 펩시코(프리토-레이의 모회사)의 당시 CEO 로저 엔리코가 모든 사원에게 보내는 메시지를 보게 된다. "사원 모두가 회사의 주인인 것처럼 행동하라"라는 취지의 메시지였다. 몬타네즈 주변의 직원들은 메시지를 심드렁하게 받아들였지만 그는 달랐다. 뭔가 다른 일을 해볼 기회라고 여겼다. 청소부지만 실제로 주인처럼 행동할 수 있다고 믿었다.

때마침 치토스를 만드는 기계에 이상이 생겨 주황색 치즈 가루가 뿌려지지 않았다. 몬타네즈는 불량 처리된 치토스를 집에 들고 왔다. 실험해볼 요령이었다. 딱히 정확하게 뭘 어떻게 할지를 생각해놓지는 않았다. 하지만 길거리서 파는 멕시코 요리 일로테Elote를 보면서 치토스 매운맛을 만들어보면 어떨까 생각을 했다. 일로테는 구운 옥수수에 치즈와 버터, 라임, 고추를 발라 먹는 길거리 음식이다. 그는 거기에서 힌트를 얻어 공장에서 가져온 치토스에 매운 고추를 넣어봤다. 몬타네즈의 가족과 친구 모두 맛있다고 했다. 밑져야 본전이라고 생각한 그는 CEO에게 전화를 걸었다. 비서가 받았다.

"누구시죠?"

"아 저는 캘리포니아 공장……."

"캘리포니아 공장장이신가요?"

"그게 아니고……."

"그럼 미국 서부 지역 담당 임원이신가요?"

"캘리포니아 공장 청소부입니다."

약간의 실랑이 끝에 몬타네즈는 CEO와 통화를 할 수 있었다(그는 나중에 "청소부 같은 말단 직원이 CEO에게 직접 전화를 하면 안 되는 줄 몰랐다"라고 말했다). 그리고 2주 후에 프레젠테이션하라는 얘기를 들었다. 열심히 준비했다. 아내와 동네 도서관에 가서 경영학 책을 보면서 전략을 짰고 포장을 디자인해서 고추를 넣은 매운맛 치토스를 담아 갔다. 넥타이를 사는 것도 잊지 않았다. 생애 첫 넥타이 가격은 3달러. 매는 방법을 몰라 이웃집 사람의 도움을 받았다.

프레젠테이션 결과는 성공이었다. CEO는 몬타네즈의 창의성에 놀랐다고 한다. 얼마 지나지 않아 프리토-레이 제품에 불타는 매운맛 라인이 생겼고 불타는 매운맛 치토스는 프리토-레이의 제품 중 가장 잘 팔리는 과자가 됐다. 몬타네즈는 고속 승진했다. 지금은 펩시콜라의 북미 지역 다문화 제품 판매 담당 부사장이다. 패스트푸드 업체 KFC와 타코벨의 히스패닉을 위한 메뉴 개발을 담당한 적도 있다.

'다문화 마케팅의 대부'로 불리는 그는 요즘에는 미국 전역을 돌아다니며 기업 내 다양성의 중요성에 대해 강연을 한다. 사는 곳 근처 대학에서 MBA 학생들에게 강의도 한다. 돈은 많이 벌었고 멕시코 공동체에 기부도 많이 한다. 하지만 3달러짜리 넥타이는 여전히 간직하고 있다. 박사학위Ph.D도 없이 어떻게 강의를 하느냐는 한 학생의 질문에 "난 사실 Ph.D가 있어요. 가난해봤고Poor, 배고파봤으며 Hungry, 결의가 굳었거든요Determined"라고 답했다고 한다.

이 이야기를 요약하면, "영어를 못해서 고등학교도 졸업하지 못한 멕시코 이민자가 대기업의 청소부로 일하다가 기막힌 아이디어로 임원의 자리에까지 올랐다" 정도가 될 것이다. 너무 영화 같다고? 실화다. 그런데 정말로 영화 같다고 생각했는지 영화사 폭스 서치라이트가 최근 몬타네즈의 이야기를 영화로 만들기로 했다고 발표했다.

이런 신데렐라 같은 이야기를 들으면 재미는 있을지 모르지만 나와는 상관없는 남의 얘기라는 생각이 드는 건 어쩔 수 없다. 나에게는 절대 일어날 수 없는 그저 운이 억수로 좋은 사람의 얘기. 하지만 운은 가만히 있어도 저절로 생기는 게 아니라는 것이 요즘의 분석 결과다.

행운은 아무에게나 찾아오지 않는다. 준비된 사람에게 찾아온다. 미국에서 출판된 책 『행운은 어떻게 일어나는가: 행운의 과학을 통해 일, 사랑 그리고 삶을 변화시킨다How Luck Happens: Using the Science of Luck to Transform Work, Love, and Life』(국내 미발간)에 따르면 운은 우연과 재능, 노력의 조합이다. 우연은 어쩔 수 없지만 재능과 노력은 어느 정도 조정할 수 있으니 운을 만들어낼 수 있다는 얘기다.

책의 저자 재니스 카플란과 바나비 마쉬는 다음의 네 가지를 따르면 운이 좋아질 수 있다고 썼다. 네 가지를 몬타네즈의 상황으로 분석해봤다.

### ① 주의를 기울여라

주의를 기울이는 데도 여러 레벨이 있다. 디테일에 집중할 수도 있고 큰 그림을 볼 수도 있다. 운이 좋은 사람들이 공통으로 가진 재능 중 하나는 다양한 레벨에서 주의를 집중해 기회를 포착한다는 점이다.

몬타네즈는 "주인 의식을 가지라"는 CEO의 메시지에 주의를 집중했다. 일로테를 치토스에 접목할 생각을 한 점도 몬타네즈에게 행운을 불러온 요소 중 하나다. 매일 보는 단순한 멕시코 길거리 음식에 관심을 기울인 덕분이다.

### ② 정도를 벗어나라

게임이론을 연구하는 수학자들에 따르면 매우 경쟁이 치열한 상황에서는 예측을 벗어난 행동이 가장 좋은 결과를 가져온다. 운이 좋은 사람들은 남들이 가지 않은 길을 간 경우가 많다.

몬타네즈의 치토스 매운맛 개발 이야기는 지금으로부터 약 30년 전 얘기다. 미국의 주류 식품 기업이 매운맛이나 히스패닉을 위한 제품을 만드는 건 생각도 하지 못할 때였다. 하지만 몬타네즈는 다른 사람들이 생각지도 못한 아이디어를 내놓았다. 그는 회고록에 "다르다는 건 특별한 것"이라고 쓰기도 했다.

### ③ 확률을 높여라

운이 좋기 위해서는 계속 시도를 해봐야 한다. 야구로 얘기하자면 잘 치고 못 치고를 떠나서 일단 타석에 자꾸 서봐야 안타를 칠 수 있다는 얘기다. 타석에 나가지 않으면 아무런 소용이 없다.

치즈 가루가 뿌려지지 않은 불량 처리된 치토스를 집에 가져와서 실험해보려 한 점, 프레젠테이션에 대해선 아무것도 몰랐지만 열심히 준비한 점은 끈질기게 성공의 확률을 높이려는 노력의 일환이었다고 볼 수 있다.

### ④ 운이 좋다고 생각하라

긍정적이고 낙천적인 사람들이 운이 좋다. 행운은 자신의 운명을 조정할 수 있다고 믿는 사람들에게 찾아온다. 또 새옹지마의 교훈을 잊지 않는 것도 중요하다. 어려운 일이 닥쳤을 때 절망에 빠지지 않고 위험을 감수하다 보면 행운으로 이어지기도 한다.

몬타네즈는 어려운 환경 속에서도 열심히 일했고 희망을 잃지 않았다. 무작정 CEO에게 전화를 걸기도 했다. 낙천적인 사람만이 할 수 있는 일이다.

행운을 부르는 키워드 세 개는 주의 집중, 끈질김, 그리고 긍정이다. 세 가지를 기억하고 일단 행운을 불러올 준비라도 해놓고 보면 어떨까. 무슨 일이 생길지는 아무도 모르는 거니까.

# 다이어트하지 않는
# 다이어트 방법

"더도 말고 딱 3~4kg만 빼면 좋겠다."

의학적 문제인 비만이거나 저체중인 소수의 사람을 제외하면 많은 사람들은 다이어트를 소망할 것이다. 그 3~4kg이 대체 뭐길래… 그렇게 죽어도 안 빠지는 걸까.

끝도 없이 이어지는 다이어트 사이사이에 약간의 자포자기 시간을 보내기도 하지만 어디선가 효과적 다이어트라는 뉴스가 귀에 꽂히면 어김없이 솔깃해진다. 뭔가 방법이 있을 것만 같다. 약 한 알만 꿀떡 삼키면 배의 몽실몽실한 지방이 스르르 녹아 나가는 날이 곧 올 것 같은 착각에 빠진다.

세상에 난무하는 다이어트 비법은 다 해봤다. 구석기 다이어트부터 고구마나 바나나만 먹는 원푸드 다이어트, 밀가루 끊기, 밥 끊기, 행동 수정(밥그릇 크기 줄이기, 물 마시기)까지. 딱 하나만 빼고… 아직 감히 차마 시도하지 않은 다이어트 방법은 바로 다이어트 '안 하기'다.

최근의 연구 결과를 보면 먹는 것을 조절하고 운동하라는 다이어트의 기본 원칙조차 의심스럽다. 우선 학자들은 운동이 건강을 위해서는 필요하지만 날씬한 몸을 위해서는 꼭 필요하지 않다는 데 동의하기 시작했다. 또 살을 뺀 사람 중 무려 80%가 넘는 사람들이 다시 원래 상태로 돌아가는 것으로 나타났다. 심지어 다이어트 시작 때보다 더 찌는 경우도 많다. 다이어트를 다섯 번 시도하고 나면 5kg이 쪄 있는 건 이 때문이리라. 그리고 같은 음식이라도 몸이 반응하는 정도는 개인별로 모두 다른 것으로 나타났다. 똑같은 음식을 먹은 후에도 혈당 수치는 개인별로 천차만별이었다는 이스라엘 학자들의 연구가 좋은 예다. 같은 음식을 먹더라도 살이 더 찌고 덜 찌는 사람이 분명히 있다는 얘기다.

인간의 몸은 먹으면 먹는 만큼 찌고, 운동하면 그만큼 에너지를 쓰는 그런 단순하고 독립된 기계가 아닌지도 모른다. 물만 마셔도 살이 찌는 사람이 있다는 게 진짜 사실이라는 얘기다. 한 최신 연구에서는 박테리아 생물군계를 해독해 마른 사람과 뚱뚱한 사람의 장에 서식하는 박테리아(장내 미생물)가 서로 어떻게 다른지 연구했다. 뚱뚱한 쥐의 장에 있는 박테리아를 마른 쥐의 장에 이식하고 마른 쥐의 장에 있는 박테리아를 뚱뚱한 쥐의 장에 이식한 결과, 먹는 양이 바뀌지 않았음에도 불구하고 뚱뚱한 쥐는 살이 빠졌고 마른 쥐는 살이 쪘다.

우리의 몸은 식습관과 유전자뿐 아니라 몸 안 박테리아, 우리가 함께 생활하는 사람의 영향을 받고 주변 환경과 끊임없이 상호작용하여 유지된다. 그런 몸의 무게를 먹는 것 한 가지만 가지고 조절하는 건 거의 불가능하다.

그렇다면 다이어트를 하지 않는 다이어트 방법은 무엇일까. 무엇을 얼마나 먹는지에 신경을 쓰기보다는 자신의 생활과 습관을 관찰한 뒤 지속가능한 선에서 건강한 방식으로 생활과 습관을 바꾸는 것이다. 다이어트는 다이어트지만 한 가지 음식만 먹거나 조금 먹고 운동을 하라는 단순한 '원 포인트 솔루션'이 아니라 시스템 전체를 바꾸는 노력이 필요하다는 얘기다. 문제는 일반 다이어트는 무작정 조금 먹거나 고기만 먹는 것처럼 따라 하기가 쉽지만 생활 습관(시스템)을 바꾸는 건 세심한 관찰과 고집스러운 실행이 필요하다는 점이다. 그만큼 어렵다. 그래서 다이어트에는 왕도가 없다고 하는지도 모르겠다. 전문가들은 결국, 미래의 다이어트는 유행에 따라 뜨고 지는 다이어트 방식들의 난립이 아니라 개인 맞춤형으로 갈 것이라고 내다보고 있다. 나에게 맞는 다이어트를 찾는 노력이 필요하다.

정리를 해보자.

### ① 지속가능한 다이어트를 하자

살이 빠진 후에 다시 찌는 이유는 다이어트 방식이 지속가능하지 않기 때문이다. 고구마만 평생을 먹을 수는 없으며 눈이 오나 비가 오나 매일 10km씩 달릴 수는 없는 일이다. 지속가능하지 않은 다이어트 방식은 요요 현상을 부를 수밖에 없다.

### ② 다이어트에 원 포인트 솔루션은 없다

알약 하나로 살을 빼고 싶은 건 모두의 바람이다. 적어도 아무 생각 없이 따라 할 수 있는 간편한 방식을 따르고 싶어 한다. 하지만 그런 방식은 존재하지 않는다.

다이어트만 그럴까? 개인이든 기업이든 지속 가능하지 않은 방식은 단기간에는 좋은 결과를 가져올 수도 있을지는 모르겠지만 장기적으로는 아무런 도움이 되지 않는다. 또 문제를 쉽게 해결할 수 있는 간단한 해결 방식을 누구나 원하지만 원 포인트 솔루션은 드물다. 내 몸 하나에도 적용할 수 있는 원 포인트 솔루션이 없는데, 복잡하기 짝이 없는 이 세상에는 웬만해서는 존재하지 않을 수밖에 없다. 전체를 보고 디테일을 아우르는 시스템 차원의 솔루션이 필요하다.

# 트럼프 지지자 이웃과
# 친하게 지내는 법

_____

_____

_____

옆집에 가족이 새로 이사 왔다. 아저씨는 50대의 크레인 운전사, 아줌마는 비슷한 나이로 법률 사무소에 근무하는 것 같다. 둘 다 이번이 두 번째 결혼이며 이전 결혼에서 낳은 자식들은 모두 20대, 30대다. 결혼한 지는 6년이 됐다. 지금 같이 사는 두 딸(중·고교생)은 아줌마의 조카손녀들로 조카가 애를 키울 능력이 없는 마약 중독자여서 입양을 했다고 한다. 두 딸은 엄마는 같지만 아빠는 다르다.

미국 시골에서 살다 보면 정말 다양한 사람들을 만나게 된다. 다른 이웃 중엔 레즈비언 커플도 있고, 자식이 아홉 명인 40대 부부도 있다. 배우자 없이 아이만 키우는 싱글도 상당히 많다. 대체로 결혼을 일찍 하고, 애도 일찍 낳으며 이혼도 물론 많이 하는 편이다.

새로운 이웃집 아저씨는 백인이지만 4분의 1 정도 미국 원주민의 피가 섞인 매우 쾌활하고 재미있는 사람이다. 중학교를 중퇴했지만 기술을 배워 나름 돈을 많이 벌었다. 배가 있어서 바다로 낚시도 나간다. 아저씨는 요즘에도 일하는 날은 새벽 세 시 반에 출근한다. 오후에 퇴근하고 나면 마당에서 온갖 집안일을 돕고 뒷마당 수영장에서 논다. 정말 열심히 사는 듯하다. 아줌마는 일하느라 바쁜 와중에도 파이를 만들고, 연어를 구워서 우리에게 주기도 한다. 집도 매우 예쁘게 꾸며놓았다. 입양한 두 딸은 매우 예의 바르고 친절하게 키웠다. 다른 가족과 친지들의 방문도 끊이지 않는다. 미국 시골에서 나름 성공한 노동자 집안의 전형이다.

그래서 오며 가며 자주 얘기를 나누곤 했다. 그러다가 이 아저씨가 버럭 오바마 전 미국 대통령에 대해 우회적으로 좋지 않게 말하는 걸 들었다. 그때만 해도 별일 아니라고 생각했다. 내가 사는 워싱턴주는 진보적인 민주당 성향이 강하지만 여긴 또 시골이라 보수적인 공화당 지지자도 적지 않으니까. 그런데 얼마 전에는 아저씨가 기후변화가 다 거짓이라고 그러는 거다. 놀라긴 했지만, 딱히 뭐라 반박할 말이 없어서 그냥 넘어갔다.

그런데 얼마 전 이 집 현관에 '2020 TRUMP Keep America Great(도널드 트럼프 미국 대통령의 재선을 위한 슬로건)'이라고 적힌 대형 깃발이 걸렸다. 그는 트럼프 지지자였던 것이다. '오 마이 갓'이란 말이 절로 나왔다.

2016년 트럼프가 미국 대통령에 당선됐을 때 우리 가족은(우리 가족뿐 아니라 우리가 아는 미국에 사는 모든 사람은) 도대체 누가 트럼프를 찍었는지 의아해 했었다. 그건 단순히 주변에 트럼프를 지지하는 사람이 없었기 때문이었다. 트럼프 지지자들은 보통의 한국인 또는 아시아 사람들과는 전혀 다른 곳에서 다른 방식으로 산다. 남의 밑에서 일하는 걸 싫어하고 대학물도 안 먹은 사람이 많다. 살면서 마주칠 일이 거의 없는 셈이다.

트럼프는 백인우월주의(대놓고 하진 않지만 사실상 인종차별의 냄새가 짙다), 밀실 정치, 보호무역주의 등 내가 나쁘다고 배우고 자란 모든 걸 추구하며 윤리적으로도 약간 문제가 있어 보이는 인물이다. 그런 사람을 지지하는 사람과 어떻게 친하게 지낼 수 있었던 걸까. 이웃이 트럼프 지지자라는 사실을 미리 알았다면 이렇게 친해질 수 있었을까? 그들이 트럼프를 지지한다는 사실이 앞으로 더 친해지는 데 걸림돌이 되지는 않을까? 오만 가지 생각이 머릿속을 맴돌았다.

트럼프 깃발로 인한 충격이 잦아드는 데는 며칠이 걸렸다. 그런데 문득 우리가 정치적인 성향에 너무 목숨을 걸고 사는 건 아닐까 하는 데에 생각이 미쳤다. 정치 성향은 가치관 전반에 걸친 믿음과 관련이 있기에 삶의 방식과 떼어 놓고 볼 수 없기는 하다. 하지만 자기가 싫어하는 사람을 지지한다는 이유 하나로 얼굴을 붉히며 서로를 비난하고 얼굴도 보지 않고 살아야 할까. 그게 그만큼 중요한 걸까.

이건 맞고 틀림의 문제라기보다는 진영의 문제고 지지 세력의 문제다. 서로 사활을 건 싸움인 셈이다. 그런데 한 장관 후보자에 대한 임명이 좋아하는 프로 야구팀을 응원하는 이상으로, 또는 연예인에 대한 팬심 이상으로 핏대를 세우며 목숨을 걸고 싸워야 할 문제일까. 자신의 소신과 가치관을 지키는 건 중요하다. 그게 정치가 존재하는 이유다. 하지만 우리가 거기에 너무 '올인' 하는 건 아닐까. 정치 성향이 연예인이나 야구팀보다는 중요하다고 할 수는 있지만 우리의 전부는 아니다.

트럼프 깃발이 걸린 이후에도 이웃 아저씨, 아줌마와는 변함없이 웃는 얼굴로 인사를 나누고 대화를 나눈다. 그 이후로도 우리 딸은 그 집에 가서 자기도 하고 그 집 딸이 우리 집에 와서 자기도 했다. 그 집에 가서 와인을 마시며 정치 얘기를 하지는 않을 가능성이 크지만, 여전히 뒷마당에서 구운 햄버거를 나눠 먹고 우리 집에서 담근 김치를 가져다줄 것이다. 어쩌면 그의 배를 타고 바다에 나가서 함께 낚시할지도 모르겠다. 그들이 정치 성향과 관계없이 처음 만났을 때 그대로 좋은 사람들이라는 사실에는 변함이 없기 때문이다.

# 향이 없는
# 향수를 뿌리는 사람들

～～～～～～

나는 연예인 생얼(민낯)이 진짜 화장을 하지 않은 얼굴인 줄 알았다. 연예인이 진짜 예쁘긴 예쁜가 보다. 그렇게 생각했다. 그런데 알고 보니 생얼 화장이라는 게 따로 있었다. 화장하지 않은 듯한 얼굴을 만들기 위해 더 공을 들여야 하는 그런 화장. 생얼(화장을 한) 사진을 찍기 위해 메이크업 아티스트까지 동원된다는 그런 화장. 역시나.

그런데 이런 생얼 화장에 버금가는 향수가 나왔다. 그러니까 향이 없는 향수다. 여기에도 약간의 반전은 있다. 향이 완전히 없는 건 아니고 은은하게, 아주 조금 난다고 한다. 비싼 돈 받고 향수병에 물이나 알코올만 넣어서 팔 수는 없을 테니까. 생얼 화장의 향수 버전인 셈이다.

디자이너 버질 아블로가 자신의 첫 향수를 만들기로 했을 때 유일하게 원한 건 아무 냄새도 나지 않는 것이었다. 아블로는 하이엔드 스트리트 패션 브랜드 오프-화이트<sub>Off-White</sub>의 크리에이티브 디렉터이자 루이비통의 남성복 디자이너다. 그는 조용하고 겸손한 향, 나서지 않아서 인간의 후각으로는 잘 맡아지지 않는 그런 향을 원했다.

니치 향수 브랜드 바이레도<sub>Byredo</sub>와의 협업을 통해 나온 향수의 이름은 '엘리베이터 뮤직'이다. 향수 이름치고는 좀 생뚱맞다. 엘리베이터에 타면 들리는 듯, 안 들리는 듯한 배경음악과 같은 느낌의 향수라고 설명한다. 바이올렛과 대나무, 머스크 향으로 이뤄져 있지만 무척 미미해서 손목에 닿는 순간 향은 거의 사라진다고. 향수보다는 향수를 뿌린 사람이 드러나도록 하는 게 만든 이들의 의도란다. 가격은 100ml에 275달러. 거의 아무 냄새도 나지 않는다고 주장하는 향수치고는 가격이 만만치 않다.

사실 향이 없다고 주장하는 향수가 이번이 처음은 아니다. 2006년 독일에서 만든 향수인 이센트릭 몰레큘 01<sub>Escentric Molecule01</sub>은 합성 화학 물질인 'Iso E Super'로만 만들어졌는데 그냥 맡으면 아무 냄새도 안 나지만 피부와 접촉을 하면 피부 향과 섞여 그 향을 증폭시킨다고 한다. 즉, 인간의 자연적인 페로몬 향을 증폭시킨다는 얘기다. 이 향수는 틈새 향수 시장에서 가장 잘 팔리는 향수 중 하나. 향이 적다고 주장하는 미니멀한 향수들은 대부분, 이 Iso E Super를 베이스로 한다. 비 온 뒤의 도시 냄새가 난다는 콤 데 가르송의 '콘크리트', 사우나 향이 난다는 노맨클래처의 '홀리우드'도 미니멀 향수에 속한다.

일을 했으면 티가 나야 하는 게 인지상정이다. 화장을 했으면 화장을 한 티가 나야 하고, 향수를 뿌렸으면 어렵지 않게 맡을 수 있는 향이 나야 하는 게 정상일 것이다. 하지만 인간의 심리는 그리 단순하지 않은 모양이다. 아름다워 보이고 싶어 하며, 매력적인 인간을 선호하는 강력한 본능에도 불구하고 인간은 꾸미는 데 오랜 시간을 들이는 걸 '비윤리적'이라고 생각한다. 반면 외출 준비를 하는 데 적은 시간을 들이면 더 도덕적인 사람이라고 생각한다.

같은 능력을 갖췄다면 더 아름답고 더 매력적인 사람이 성공할 가능성이 큰 시대다. 매력적인 사람은 돈도 더 많이 번다고 한다. 하지만 생얼 화장과 향이 없는 향수를 찾는 사람들은 이미 알았던 거다. 인간은 멋져 보이고 싶어 하고 멋진 사람을 좋아하지만 남이 멋져 보이려고 너무 심하게 노력하는 건 별로 좋아하지 않는다는 사실을. 그래서 실제로는 아름다워지려고 노력을 기울였으면서도 그런 티가 안 나도록 세심한 주의를 기울이고 있는 거다. 예를 들면 "화장 안 해도 진짜 예쁘다"라든가, "향수도 안 뿌린 것 같은데 냄새 정말 좋다. 무슨 비누 쓰니?"와 같은 말을 들으면 성공인 셈이다. 대답은 "어머 진짜? 세수만 했을 뿐인데…" 혹은 "그래? 그냥 일반 비누 쓰는데…"가 될 것이고.

향이 '거의' 없는 향수는 명품에 관심이 적고 개인주의인 밀레니얼 세대(1980년대 초에서 2000년대 초 사이에 태어난 세대)와 인스타그램의 합작품이라는 지적도 있다. 자신만의 향과 패션을 추구하는 밀레니얼 세대는 특정한 향보다는 자신 고유의 향을 더 좋게 만들어주는 향수를 선호한다. 인스타그램의 유명 스타들 사이에서는 과하지 않은 최적화된 패션이 대세다. 뭔가 신경은 분명히 썼는데, 과하지는 않아 보이고 좋아는 보이는데, 그다지 확 눈에 뜨이지는 않는.

자연스러움에는 분명 이점이 있다. 생얼과 과하지 않은 향은 상대방에게 신뢰감을 줘서 경계심을 풀게 만든다고 심리학자들을 말한다. 문제는 생얼 화장하기가 어렵고, 향기 없는 향수 가격도 낮지 않다는 점. 멋있게 살기 참으로 어려운 세상이다.

참고 문헌

워라클과 뉴노멀… 대전환의 시대에 우리는
- 「The End of History Illusion」, Jordi Quoidbach, 2013
- 「워라밸은 가고 '워라클'이 온다」, 더 밀크 뷰스레터, 2020

가속하는 시대에 '지루함'이 주는 의미
- 「Being Bored Can Be Good for You—If You Do It Right. Here's, How」, TIME, 2019
- 「How (And Why) to Build Some Boredom Back Into Your Life」, GQ, 2018
- 「Let Children Get Bored Again」, THE NEW YORK TIMES, 2019

일주일에 한 시간, 아무것도 안 하는 시간 갖기
- 「Is the Lockdown Making You Depressed, or Are You Just Bored?」, THE NEW YORK TIMES, 2020
- 「You're Too Busy. You Need a 'Shultz Hour'」, THE NEW YORK TIMES, 2017

코로나 시대의 가족들
- 「It Was Just Too Much': How Remote Learning Is Breaking Parents」, THE NEW YORK TIMES, 2020

패스트 패션의 재앙 : 지속가능한 패션
- 「Fashionopolis : The Price of Fast Fashion and the Future of Clothes」, Dana Thomas, 2019

왜 항상 시간은 부족하게 느껴질까?
- 『Time and How to Spend It』, James Wallman, 2019
- 「How to fight 'time famine' and boost your happiness」, CNN, 2018
- 「Are the People Who Take Vacations the Ones Who Get Promoted?」, HARARD BUSINESS REVIEW, 2015

결혼할 사람을 알려준다: 스탠퍼드대의 매리지 팩트
- 「The Dating Algorithm That Gives You Just One Match」, VOX, 2019
- 「If Romance Goes Sideways, This Algorithm Might Help」, STAFORD MAGAZINE, 2018
- 「매치그룹 CEO, 빠르게 변하는 산업에서 끊임없이 혁신하기」, 하버드비즈니스리뷰 코리아, 2019

5초 숙성 위스키… 이제 기다림의 미학은 없다?
- 「Why Wait? Whiskey Is Aging Fast」, THE WALL STREET JOURNAL, 2019

호텔에서 손님들의 스마트폰을 가져간 이유
- 「Digital Detox: Resorts Offer Perks for Handing Over Phones」, AP NEWS, 2018

사라지기 전에 보러 가자: '마지막 기회' 투어
- 「Catering to 'Last Chance' Travelers Who Seek Disappearing Marvels」, THE NEW YORK TIMES, 2018

힘이 되는 루틴, 짐이 되는 루틴
- 「5 Signs You're Letting Your Beloved Routine Get in Your Way」, The Muse, 2016
- 「Routines: Comforting or Confining?」, Psychology Today, 2010

질투에 휘둘리지 않고 살아가기

- 「The age of envy: how to be happy when everyone else's life looks perfect」, THE GUARDIAN, 2018

한 번의 잘못을 만회하기 위해선 몇 번의 좋은 일이 필요할까?

-「The Power of Bad: How the Negativity Effect Rules Us and How We Can Rule It」, John Tierney & Roy F. Baumeister, 2019

행복의 적은 적응이다

- 「Why You Should Spend Your Money on Experience, Not Things」, FORBES, 2016

애플의 팀 쿡으로 사는 법: 나만의 방식으로 접근하기

- 「How Tim Cook Made Apple His Own」, THE WALL STREET JOURNAL, 2020

세상에 영원한 것은 없다

- 「우유 대신 뭘 마시길래… 美 최대 우유업체 파산 위기」, 머니투데이, 2019
- 「The message from the world's biggest and wildest IPO」, THE ECONOMIST, 2019

세계 최고의 맥주에서 배우는 워라밸

- 「How A Tiny Brewery Run By Monks Came To Make The Best Beer In The World」, BUSINESSINSIDER, 2015
- 「Saudi Aramco is raring to go public」, THE ECONOMIST, 2019
- 「'세계서 가장 돈 잘 버는 기업' … 아람코 IPO 이슈는」, 아주경제, 2019
- 「뉴욕 최장수 유제품 생산 기업 '엘름허스트'가 유제품 생산 중단 선언한 까닭」, 인터비즈, 2018

이전과 같을 수 없으면 바꿔야 한다

- 「How a rebuilt Ryu reinvented himself to become MLB's most dominant pitcher」, ESPN, 2019
- 「[스포츠화제! 이사람]프로야구 한화 '괴물 신인' 유현진」, 동아일보, 2006

'원하는 것'과 '원해야 하는 것'

- 「The Extraordinary Science of Addictive Junk Food」, THE NEW YORK TIMES, 2013
- 「착한기업 탐스슈즈는 왜 위기를 맞았나」, TTimes, 2018
- 「TikTok's Videos Are Goofy. Its Strategy to Dominate Social Media Is Serious, THE WALL STREET JOURNAL, 2019

우아하게 쇠퇴하기

- 「The Trouble With the Memphis Airport: No Crowds」, THE NEW YORK TIMES, 2018

조 바이든의 불운

- 「What Joe Biden Can't Bring Himself to Say」, THE ATLANTIC, 2020

스마트 시대, 부자들은 인간관계에 돈을 투자한다

- 「Human Contact Is Now A Luxury Good」, THE NEW YORK TIMES, 2019

놀이터를 위험하게 만들어야 하는 이유

- 「In Britain's Playgrounds, 'Bringing in Risk' to Build Resilience」, THE NEW YORK TIMES, 2018

아이를 스마트폰에서 자유롭게 하는 법

- 「The Dangers of Distracted Parenting」, THE ATLANTIC, 2019

바람직한 어려움

- Sans Forgetica 글꼴 사이트 https://sansforgetica.rmit/

행복과 만족의 차이 ① 하버드의 비참한 동창들

- 「America's Professional Elite: Wealthy, Successful and Miserable, THE NEW YORK TIMES Magazine, 2019

행복과 만족의 차이 ② 원할수록 목마르다

- 「The Money, Job, Marriage Myth: Are You Happy Yet?」, THE GUARDIAN, 2019
- 「A Nobel Prize-Winning Psychologist Says Most People Don't Really Want to Be Happy」, QUARTZ, 2018

운을 부르는 세 가지 키워드

- 「The Flamin Hot Cheetos movie: How a Frito-Lay janitor created one of America's most popular snacks」, THE WASHINGTON POST, 2018

다이어트하지 않는 다이어트 방법

- 「The Weight Loss Trap: Why Your Diet Isn't Working」, TIME, 2017

향이 없는 향수를 뿌리는 사람들

- 「The New Softies」, THE NEW YORK TIMES, 2018

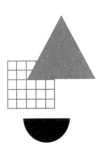

▶▶
지속가능한 삶을 모색하는
사피엔스를 위한 가이드

**초판 1쇄 발행** 2021년 1월 4일
**지은이** 김선우

**펴낸이** 민혜영
**펴낸곳** (주)카시오페아 출판사
**주소** 서울시 마포구 월드컵로14길 56, 2층
**전화** 02-303-5580 | **팩스** 02-2179-8768
**홈페이지** www.cassiopeiabook.com | **전자우편** editor@cassiopeiabook.com
**출판등록** 2012년 12월 27일 제2014-000277호
**책임편집** 위유나
**편집** 최유진, 위유나, 진다영 | **디자인** 고광표, 최예슬 | **마케팅** 허경아, 김철, 홍수연
**외주 디자인** 형태와내용사이

ⓒ김선우, 2021
ISBN 979-11-90776-30-1 03810

• 잘못된 책은 구입하신 곳에서 바꿔 드립니다.
• 책값은 뒤표지에 있습니다.